Joseph Felix von Kurz

La serva padrona

Die Dienerin eine Frau oder die vier ungleichen Heurathen

Joseph Felix von Kurz

La serva padrona
Die Dienerin eine Frau oder die vier ungleichen Heurathen

ISBN/EAN: 9783743448285

Hergestellt in Europa, USA, Kanada, Australien, Japan

Cover: Foto ©Andreas Hilbeck / pixelio.de

Weitere Bücher finden Sie auf **www.hansebooks.com**

LA SERVA PADRONA

Die

Dienerin eine Frau,

ober die

vier ungleichen Heurathen,

Ein neues Lustspiel

mit 17. von zweyen Abtheilungen in Versen
Arietten und Duetten, nebst einem Chorus, aus
einem italiänischen Intermezzo gezogen.

WIEN,

gedruckt bey Joh. Thom. Edlen v. Trattnern,
kaiserl. königl. Hofbuchdruckern und Buchhändlers.

Agirende Perſonen.

Uberto, ein alter Doktor, ſo der Bernardon vorſte
let.

Roſaura, ſeine Tochter. Ein leichtſinniges Frauen
zimmer.

Serpina, des Doktors Wirthſchafterin.

Alberta, eine noch jungſeynwollende alte Mutter t

Julie, eine Affektirte.

Caſſandro, ein verliebter alter Vater des

Florindo, ein Flüchtling.

Crispin, Diener des Uberto.

Jaques, Diener der Alberta.

AVERTISSEMENT.

La serva Padrona ist, wie bekannt, ein sehr altes italiänisches Intermezzo, und war fast eines von denen ersteren, mit welchem die Italiäner den Versuch machten, ihren Opern Serien mit etwas Lustigen zu Hülfe zu kommen. Denn ihr Publikum wurde nach und nach deren serieusen und patetischen Dramen so überdrüßig, daß fast die meisten Impressarii dieser

Ur-

Urſache wegen zu Grunde giengen. Sie machten alſo unter der Opera Seria luſtige Zwiſchenſpiele, und dieſe brachten die Liebhaber
wieder in die Schaubühne. Dieſe Zwiſchenſpiele
wurden anfänglich nur von zweyen Perſonen
vorgeſtellet, nach und nach aber ſtiegen ſie
auf drey und vier Perſonen, und endlich wurde ein Ganzes daraus. Dieſes iſt eigentlich
der Urſprung von unſern jetzigen Opera-Buffen,
welche wegen ihrer Vollkommenheit derer be-
ſten Stimmen, und ſchönſten Muſik in ganz
Europa mit dem größten Beyfall aufgeführet
werden, und dadurch die Opera Seria au denen meiſten fürſtlichen Höfen, und in großen
Städten faſt in Vergeſſenheit bringen. Die
Muſik von der Serva Padrona wurde von

wei-

weiland dem berühmten neapolitanischen Kap-
pelmeister Parcolesi componiret, und wird
wegen ihrer Vollkommenheit noch auf diese
Stunde hoch geschätzet. Die Herren Fran-
zosen (welche sonst nicht gewohnet waren, von
anderen Nationen etwas zu entlehnen,) haben
diese Musik ebenfalls so schön gefunden, daß
sie das Wällische in ihre Muttersprache, und
folglich auch zum Gebrauch dieser Musik über-
setzen. Wer wird mich tadeln, wenn auch
ich auf den Gedanken komme, dieses Intermezzo in meine Muttersprache zu bringen?
Ich that es! und vor zwey Jahren (beynahe
wird es auch so lange seyn, daß ich nicht mehr
die Schaubühne betreten) wurde es in Maynz
bey der höchsten Gegenwart Seiner Churfürst-

li-

lichen Gnaden zum erstenmale mit vielem Beyfall aufgeführet. Der Stoff von dem Original ist sehr seichte. Ein Doktor, Namens
Uberto, hat eine Magd, Namens Serpina, in diese ist er verliebet. — Die Magd
ist herrschsüchtig, und quälet den Alten so lange, bis er ihr drohet, sich zu verheurathen. —
Die Magd hat ein genaues Verständniß mit
Crispin dem Lackey des Doktors, sie verstel-
let ihn in einen brutalen Capitaine, wo endlich der Alte aus Furcht, Liebe, und Geitz
bezwungen wird, seine Magd zu heurathen.
In dem Original singet Uberto und Serpina nur allein. Der Lackey aber bleibet stumm.
Das ganze Stück dauert etwann eine Stunde.

Ich

Ich aber habe es mit dem Zusatz folgender Personen verlängert.

Uberto hat eine Tochter, Namens Rosaura, und diese ist in Crispin verliebet. — Florindo eines alten Edelmanns Sohn, Namens Cassandro, soll Rosaura ehelichen, und Uberto ist mit Fräulein Julia der Tochter der Alberta versprochen; aus diesen acht Personen entstehen die vier ungleichen Heurathen — In dem Lustspiel werden 17. deutsche Arietten und Duetten nebst einem Chorus von denen Acteurs und Actricinnen gesungen. Ich unterwerfe mich denen Vernünftigen, und erwarte eine gerechte Critique; schmeichle mir auch dabey, daß ich aus einem

nem italiänischen Intermezzo genug gemacht habe.

J. v. R.
Bernardon.

Das Lustspiel fängt früh an, und endiget sich gegen den Abend.

Die Handlung geschiehet in des Uberto, und der Alberta Behausung.

Erster Aufzug.

Erster Auftritt.

Rosaura, Crispin.

Rosaura.

Noch heute mein Crispin! zwingt mich
des Vaters Schluß,
Daß ich Florindens Hand auf
ewig nehmen muß.
Bleibst du noch unbewegt! läßt du dieß Band
geschehen?
So wirst du deine Braut gar bald als Leiche
sehen.

Crispin.

Allein was fang ich an? Was kann denn
ich dazu?

A   Rosaura.

Rosaura.

Du fragst? und bloß bey dir steht mein und
deine Ruh.

Ergreif das Aeußerste. Mich mußt du nicht
verlieren.

Crispin.

Nun! wohl! so reden sie!

Rosaura.

Kurz: du sollst mich entführen.

Crispin.

Entführen? und wohin? Das sieht gefähr=
lich aus:

Erwischt man uns,

Rosaura.

Und dann?

Crispin.

So komm ich ins Zuchthaus.

Rosaura.

Wer wird so albern seyn? wer wird sich las=
sen fangen?

Crispin.

So denkt ein jeder Dieb, und dennoch muß er
hangen.

Und über das, so fehlt das Nöthigste der
Welt.

Rosaura.

Was fehlt? Das weiß ich nicht. Sprich
Liebster!

Crispin.

Eyl das Geld.

Rosaura.

Das Geld? mit diesem bin ich sattsam schon
verschen;
Ich kann, so oft ich will, in alle Kästen gehen.
— — Die Ausred tauget nichts!

Crispin.

Geduld! es kömmt noch mehr.
Was glauben sie? von wem kömmt wohl
ihr Liebster her?
Mein Uhranherr? (Es läßt sich noch ganz deut-
lich lesen)
War ein Lackay, wie ich, bis an sein End
gewesen.
Sie sind von gutem Haus, und eines Dok-
ters Kind,
Und ich bleib von Geburt stets bey dem
Hausgesind.

Rosaura.

Was nützt Geburt und Stand bey so gestalten
Sachen?
Wie oft muß nicht die Lieb das gleiche un-
gleich machen?
Man sagt gemeiniglich, das war ein Lie-
besstreich.

Crispin.

So macht auch die galée oft alle Stände
gleich.
Nein, nein! so hitzig muß die Sache nicht geschehen;
Sie sehen nur auf sich, so muß ich auf mich
sehen.

Gesetzt: die Flucht schlüg fehl? so sag ich
ihnen frey:

Mich trifts allein, und sie verlieren nichts
dabey.

Man wird aufs höchste sie auf eine Zeit ein-
sperren,

Allein von mir wird man ein anders Urtheil
hören,

Als einem Räuber, der (NB. macht die
Stimme eines Richters.)
Die Unschuld hat verführt,

Hätt dir Schwerd, Galgen, Rad, und
das mit Recht gebührt:

Jedoch man hat zur Gnad, das Kleinste aus-
erlesen,

Fort! nehmt den Bösewicht, und gebt ihm
den Staubbesen.

Dann peitscht man mich mit Ruhm und Ehr
zur Stadt hinaus:

Ich danke für die Flucht, und bleib fein
schön zu Haus.

Rosaura.

Nun Falscher kenn ich dich, du suchest mein
Verderben.

Crispin.

Nein! nein das will ich nicht.

Rosaura.

Schweig! du willst, ich soll sterben!

Aria.

Aria.

Nach welscher Musik.

— ᐳ◦ᐸ —

N. 1.

O wie schwarz ist deine Seele,
   Da du mich so kannst verlassen,
   Und statt Liebe mich willst hassen.
   Falscher! das ist Tyranney!
   Ach! wo bleibet deine Treu.
(Nach der Aria will sie traurig abgehen.)
     Crispin hält sie.
Geduld: sie haben Recht, was itzt ihr Eifer
          spricht.
Ja, ich bin ungetreu; jedoch bey ihnen nicht.
Serpina, armes Kind! dich hab ich hintergan-
          gen,
Sie, bringen mich um sie, durch sie war ich
         gefangen.
Wir waren schon vereint, ihr Herz war gänz-
        lich mein;
  Durch sie mußt dieses Band zerstört, zer-
        trennet seyn.
O weh! das arme Kind! ich muß mich herzlich
        schämen.
    Rosaura (hönisch.)
O weh! das arme Kind wird meinen Vater
        nehmen.
Ich weiß schon, was ich weiß.
     A 3   Crispin.

Crispin.

Das weiß ich eben auch,
Und ihr Herr Vater ist ein durchgetriebner
Schlauch.
Sein ganzes Absehn war, Serpinen anzufüh=
ren;
Da er sein Ziel erreicht, soll sie ihn nun verlie=
ren?
Noch heute auf die Nacht, soll sein Ver=
sprechen seyn
Mit Julien. Gewiß der Streich ist gar
nicht fein.
Dort kommt Serpina her! Voll Schmerz sind
ihre Blicke,
O Weh! die Aermeste! sie weiß schon ihr Ge=
schicke.
Ich fürchte mich vor ihr; ich scheue ihr Gesicht.
Gehn sie mit mir beyseit, zu hören, was sie
spricht.
(Crispin gehet mit Rosaura an die Seite.)

Zweyter Auftritt.

Serpina.

A r i a.

Ach warum bin ich doch gebohren?
Meine Ruhe! und mein Glücke,
Alles, alles ist verloren!

Nur

Nur mit Schanden, o Geschicke!
  Zu leben ist der Tod,
Komm meine Qual zu enden!
  Ach komm in meiner Noth.
(Ist auf eine welsche Aria gemacht.)
    Rosaura.
Ihr Zustand dauert mich. Ich will ihr Uebel
    heilen.
    Crispin.
Sie nicht, nur ihr Papa, der kann ihr Hülf
    ertheilen.
    Rosaura.
So mein ichs eben auch. (Sie gehen zu
    Serpina.)
      Serpina bist du hier?
   Crispin. (Heimlich zu Serpina.)
Verstelle dich. (laut)
   Mir dünkt, es fehlt was großes dir?
    Serpina.
Geh Ungetreuer, geh. Du hast mich so be=
    trogen,
Als wie mein alter Herr.
    Rosaura.
    Der ist dir ganz gewogen:
Trau sicher meinem Wort, nur mir steh
    erstlich bey,
Dann glaube, daß dein Glück, so wie das
    meine sey;
So wirst du sicher heut noch meinen Vater
    fangen,
Und ich erhalte auch mein sehnliches Verlangen.
    A 4   Fang

Fang deine Herrschaft an, ergreife alle Lift;
Schrey! lärme in dem Haus, und zeige,
wer du bist;
Droh mit der Obrigkeit; dann zwingen ihn
zwey Triebe
Zu seiner Schuldigkeit, die Furcht und seine
Liebe.

Serpina.
Ach! es ist schon zu spät.

Rosaura.
Nun ist es eben Zeit.

Serpina.
Zu dem Versprechen ist ja alles schon bereit.

Rosaura.
O dieses große Fest wird trefflich für sich ge-
hen,
Florindo hasset mich, und ich kann ihn nicht
sehen.
Er liebet Julien so sehr, als sie ihn liebt;
Nun überleget selbst, was das für Händel
giebt.
Heut bricht noch alles aus. Ich kann im
Voraus wissen,
Daß ich dich heute noch, als Tochter werde
küssen.

Serpina.
Ihr angene’mer Trost setzt mich etwas in
Ruh;
Doch täuscht ihr Vater mich, so seh er auf
sich zu;

Mit

Mit Schrecken und mit Schimpf will ich von
hinnen gehen,
Dann haben sie Crispin das leßtemal gesehen.

Rosaura.

Ach Gott! nur dieses nicht; ich hab schon
einen Schluß,
Der unserm treuen Wunsch ganz sicher die-
nen muß.
Ich laß durch einen Brief Florinden zu mir
kommen.
Dann sag ich frey heraus, was ich mir vor-
genommen.
Ich weiß, er stimmt gewiß der ganzen Tren-
nung bey,
Getrost, in Kurzem sind wir aller Sorgen
frey.

Rosaura vergnügt. (ab.)
Serpina, so unter dieser Scene eine betrübte
und erboßte Stellung hatte, springt in die
Höhe und lacht.

Geh nur, du arme Gans! Crispin, so muß
es gehen,
Bald werd ich dich als Herr, du mich als Frau
ansehen.

Crispin.

Ach Schaß! du bist gewiß viel tausend Thaler werth.
Die Sache geht so gut, wie ich es hab begehrt.

(Verwundernd) Du eines Doktors Frau (neigt
sich) ihr Gnaden? voller Mittel?

Serpina.

Der Reichthum ist mir lieb: mir schmeichelt
auch der Titel.

Allein der Bräutigam, der sieht altvätrisch
aus. —

Crispin.

Doch denke an dein Glück, du wirst ja Frau
im Haus,

Wir wollen uns alsdenn von Herzen lustig
machen. —

Serpina.

Laß itzt die Lustbarkeit, und denk an deine
Sachen!

Hör, was für Wetter ist? geh zu dem Alten hin!

Und wenn er voller Grimm, dich fraget,
wo ich bin?

So sag! ich wär versperrt; man hör mich fluchen, weinen,

Und wenn er rasend spricht: ich soll sogleich erscheinen!

So geh und hole mich, dann geht das
Lustspiel an;

Crispin! du sollst es sehn, wie ich agiren
kann.

Crispin.

Auch ich will meine Roll, mit Geist und Kräften spielen,

Der Alte soll das Stück in allen Gliedern fühlen.
(Crispin läuft ab.)   Ser-

Serpina.

Hätt mich das Männervolk in meiner Wuth
gehört,
So glaubten sie, mein Schluß wär aller
Strafe werth.
Doch, wenn sie auch dabey mein Schicksal soll-
ten wissen,
Sie würden mich gewiß, statt schelten, loben
müssen.
Ja, falsches Männervolk, betrogenes Ge-
schlecht!
Mein Zorn ist lobenswerth, die Rache ist
gerecht.
Nichts kömmt euch leichter an, als schwören
und versprechen;
Kaum ist der Schwur gethan, so denkt ihr
ihn zu brechen.
Ihr weinet mit Betrug, das ist der Welt
bekannt.
Ihr seufzet: (Nun macht sie den Amanten.)
Ach Madam! mein Herze steht in Brand.
Hier sehn sie diesen Dolch — Mon Dieu! zu
ihren Füßen! (affectirt.)
(Sie kniet) Soll dieses treue Blut aus mei-
nen Adern fliessen?
Erkenn hieraus, o Welt, daß man aus Lieb
verdirbt,
Und daß der beste Sklav für seine Göttinn
stirbt.
Aus meinem Blute wird dein schönes Auge
lesen,

Daß

Daß ich dein treuster Knecht bis an mein
End gewesen.

Die Sterbensglocke schlägt, der blasse Tod
rückt an;

Nimm Tod! nimm jenen weg, der doch
nicht leben kann.

Adieu zum letztenmal! die Lieb hat mich bewo-
gen,

Daß ich mein Mörder bin. (Sie springt auf,
und lacht heftig.)

Stich zu! es ist erlogen (lacht
wieder.)

Stich zu, Herr Windmarquis! ich halte dich
nicht ein,

Weil ich zu sicher weiß, du wirst der Narr
nicht seyn;

Dann jener Philosoph hat nicht umsonst ge-
sprochen,

Noch keiner in der Welt hat sich aus Lieb
erstochen.

Nun frag ich dich mit Gunst, mein lieber
Spaßgallan!

Ists möglich, daß dir noch ein Mädel trauen
kann?

Auch dieses alles hat mein Herr an mir pro-
biret,

Bis daß der Alte mich zu seiner Lieb verführet.

Itzt soll ich noch zum Lohn veracht, verlassen seyn?

Das

Das wär mir recht, da schlage Blitz und Donner drein!
Du glaubst, es sey so leicht ein Mädgen zu verführen?
(Heftiger) Wart! (gelassen) still! ich muß hier nicht die Contenance verlieren.
Ich denk, daß meine List mir sicher helfen muß,
Hilft die nicht? o! so macht die Obrigkeit den Schluß, —
Und so weit kommt es nicht, der Alte wird sich geben,
Ich wette, heute noch will ich als Frau hier leben.

Aria.

Nach wälscher Musik.

N. 3.

Wer Vögel sucht zu fangen,
Der muß behutsam seyn,
Dann diese zu erlangen,
Da geht man sacht hinein.
Die Blicke sind die Netze,
Die Locke das Geschwätze,
Dann geht der Vogel ein.
Wer Vögel. Da Capo.
(Nach der Aria ab.)

Dritter Auftritt.

Caſſandro Alberta.

Caſſandro.

Da alles richtig iſt, und heut die Stund
erſcheint,
Daß ein gedoppelt Band drey Häuſer ganz
vereint,
So kann ich nicht umhin, die Freud an Tag
zu geben,
Die ich empfind, ſo nah mit ſie verwandt zu
leben.
Mein Sohn blickt Julien ſchon als Stief-
mutter an,
Mit kindlichem Reſpekt, den man nur hegen kann,
Und dieſe Hochachtung wird er auch ihnen
geben.

Alberta.

Ach! euer ſchöner Sohn, der iſt mein ganzes
Leben.

Caſſandro.

Auch ihre Tochter iſt nun meine ganze Freud,

Alberta.

Um dieſes arme Kind iſt mir in etwas leid.

Caſſandro.

Wer glaubte, daß ſie ſich ſo leicht entſchlie-
ßen ſollten,

Und

Und einem alten Herrn ihr Fräulein geben
wollten.
Hätt ich das eh gewußt!

Alberta.

Der Unterscheid wär gleich.
Er ist so alt wie sie, und sie sind auch so
reich.

Cassandro.

Der Reichthum kann gleich seyn, allein des
Alters wegen
Wett ich, er ist mir doch um vieles überle-
gen.

Alberta. (höhnisch.)

Ich hab den Taufschein nicht.

Cassandro.

Wohlan so rathen sie!

Alberta.

Das rath ich auf ein Haar, und zwar
mit leichter Müh.
Sie sind — ein Siebzicher! — nicht wahr?
ich habs getroffen?

Cassandro.

Warum nicht hundert? Nein! sie sind zu weit
geloffen.
Nicht fünfzig noch complet.

Alberta.

Ey! Ey! das wundert mich.
Nun! jetzo rathen Sie: geschwind: wie alt
bin ich?

Caſ-

Caſſandro. (abſeits)

(Ich muß doch höflich ſeyn) — Madame ich
will wetten,

Sie haben dreyßig Jahr erſt kurzlich angetre-
ten?

Und das behaupte ich, um eine Summa
Geld.

(abſeits.) (Daß ich ihr dreyßig ſchenk,) daß
ich gar nicht gefehlt.

Alberta.

Sie ſind ſehr compliſant, fünf Jahr mir nach-
zulaſſen.

Nein, fünf und dreyßig ſchon! ich kann es
ſelbſt nicht faſſen,

Daß faſt ein jeder mir erſt dreyßig Jahre
giebt.

Caſſandro.

Madam vergeben ſie? ſind ſie nicht mehr
verliebt?

Alberta (ſeufzend)

Ach! ſtark! und Sie?

Caſſandro.

Gewiß, ich kann davon auch ſagen:
Ein ſchöner Gegenſtand, der macht mir viele
Plagen.

Alberta.

Mein Abgott hat gewiß ein engliſches Geſicht.

Caſſandro.

Und meine Schöne weicht der Göttinn Venus nicht.

Alberta.

Ich würde nimmermehr mir einen Alten neh=
men.

Cassandro.

Zu einer alten Frau werd ich mich nie beque=
men.

Madam! vergeben Sie! ich merk bey ihnen
was,

Das schmeckt, das riecht sogleich, als käms
aus einem Faß.

Alberta.

Der Sohn! (gleichsam ohnmächtig.)

Cassandro.

Die Tochter, (wie oben.)

Beyde.

Ach! (einander haltend.)

Alberta.

Ist ihnen was geschehen?

Cassandro.

Soll ich zu ihrer Hülf etwas zu holen gehen?

Alberta.

Ach gebt mir euern Sohn!

Cassandro.

Und ihre Tochter mir!

Alberta.

So wär mein Wunsch erfüllt.

Cassandro.

Ich seh kein Mittel hier;
Itzt ist es schon zu spät, es ist mit uns ge=
schehen.

B   Wir

Wir müßen unser Glück in andrer Händen
sehen.

Alberta.

Bey meiner Tochter sieht es noch sehr schüch-
tern aus,
Und wie man mir gesagt, so wär das Mensch
im Haus
Des Alten Gegenstand, die wollte Einspruch
machen,
Wenn deme also ist, so können wir ja lachen.

Cassandro.

Ach gnädige Mama! es kömmt auf ihnen an,
Bekomm ich Julien, so ist mein Sohn ihr
Mann.
Den haben sie gewiß! der muß sich gleich ent-
schließen:
Wo nicht so ist es aus: ich trete ihn mit Füßen.
Ich geb ihm meinen Fluch, ich brech ihm
Hals und Bein,
Er soll zu Grunde gehn; er soll des Todes
seyn!
Er soll — (diese Rede ist allzeit heftiger.)

Alberta.

Nicht doch mein Herr! wir wollen sach-
te gehen,
Die Sach muß mit Verstand, und nicht durch
Wuth geschehen.
Es kömmt mir schon mein Glück als wie
geschehen vor:
Es steiget mit der Lieb auch der Verstand
empor.

Ich

Ich weiß schon einen Schluß, den wollen wir
ausführen,
Gewonnen ist das Spiel, wir können nicht
verlieren.
Sie werden mein Papa
Caßandro.
Und sie von mir Mamà
Beyde.) O schöner Karakter! wär nur die
Stund schon da: (sie sich umarmend.)

DUETTO.

Alberta.
Venus hilf zu meinem Glücke!
Daß ich bald vergnüget sey;
Caßandro.
Eilt ihr schönen Augenblicke:
Ach Kupido steh mir bey.
Beyde. { Komme, komme mein Verlangen,
{ Laße dich nur bald umfangen.
Alberta.
Bey mir fängt die Jugend an,
Von mir weicht der alte Mann.
Beyde. { Itzo wird das Sprichwort wahr;
{ Lieb vertreibt die graue Haar.
(Vergnügt sich in Minen haltend beyde ab.)

Vier-

Vierter Auftritt.

Florindo, Crispin.

(Florindo geht in Gedanken voraus.)

Crispin.
Mein Herr! sind sie allein?
Florindo.
Was willst du damit sagen?
Crispin.
Ich habe in Geheim was großes vorzutragen.
Doch, sind wir auch allein?
Florindo sieht sich um.
Nu ja, was bringst du mir?
Crispin.
Ich bring was wichtiges.
Florindo.
Geld?
Crispin.
Nein, ich bring Papier,
Das wichtig ist.
Florindo.
Du wirst mir einen Wechsel geben?
Crispin.
Nein, einen Liebesbrief, der giebet Geist und
Leben,

Befonders wenn der Brief vom rechten
Schätzchen ift.
Hier nehmt! (giebt Florindo den Brief.)
Ich weiß gewis
Florindo fo die Ueberfchrift erkennt.
Daß du ein Efel bift.
Fort! pack dich deiner Weg!
Crifpin.
Gar nicht es zu vertrinken?
Florindo.
Geh! (zornig.)
Crifpin.
Ich kam gerad hieher, das Tringgeld
macht mich hinken. (Crifpin hinkt ab.)
Florindo.
Das ift Rofaura Hand, warum fchreibt die
an mich?
(Ließt) Monfieur! zum leßtenmal! (redet) das
Ding klingt wunderlich.
(Ließt.) Verlang ich fie bey mir, ich hab fehr
viele Sachen,
So unfer Wohl betrift, mit ihnen auszuma-
chen.
Stellt euch zur Abendzeit in unferm Wäld-
chen ein;
Dort wird zum leßtenmal Rofaura bey euch
feyn.
(Redet.) O hätt' ich dich doch nie das erfte-
mal gefehen!

So dürft es itzo nicht das letztemal geschehen.
(Er staunt.)
Das letztemal? schon gut! nun ist mein
Glück gemacht;
Nun sag ich schon voraus: Rosaura gute
Nacht!
Dort kömmt mein Vater her! itzt muß der
Handel brechen.

Fünfter Auftritt.

(Cassandro etwas in Eil.)

Florindo.

Sie kommen eben recht.

Cassandro.

Ich hab mit dir zu sprechen.

Florindo.

Ich noch mehr.

Cassandro.

Und ich bin bloß wegen deiner hier.
Ich will = =

Florindo.

Gedulden sie! das Reden ist an mir.

Cassandro.

Ich sag, ich will = =

Florindo.

(Fällt ein.) Umsonst, sie müßen mich erst hören.

Cas:

Cassandro.

Ich will = = =

Florindo fällt ein.

Ich bitt = =

Casandro.

So red, ich werde dich nicht stöhren.

Florindo.

Es lehrt uns das Gesetz, daß man den Vater ehrt,

Der dieses nicht erfüllt, ist alle Strafe
werth.

Setzt uns des Vaters Herz zum Ziel heilsame
Schranken,

So folgt man blind, dem man das Leben hat
zu danken;

Doch, wendet er die Macht zum Eigensinn
nur an,

So fällt der Vater weg, so ist er ein Tyrann.

Cassandro.

Recht schön, Herr Sohn! seht doch, du kannst
moralisiren,

Ich warte auf den Schluß; wie wirst du den
ausführen?

Florindo.

So, daß Rosaura nicht für mich gewachsen
ist,

(Heftig) Und daß! und daß!

Cassandro fällt ein.

Daß du ein rechter Narre bist
B 4   Wo

Wo kömmt die Aendrung her? du wirst dich
übereilen?

Florindo.

Nichts übereilt! ich bitt, durchsehn sie diese
Zeilen.

Caſſandro lieſt ſtill.

Florindo nach dem Leſen.

Was ſagen ſie dazu? iſt nicht Roſaura
ſchlecht?

Caſſandro heimlich.

Die Sach fängt glücklich an, bald geb ich
dir ſelbſt recht,
Doch müßen wir nicht ganz auf dieſes Mädel
ſehen.
Ihr Vater der iſt Herr, du muſt zu ihr hingehen.
Hör was ſie von dir will, und zeiget ſie ſich
ſpröd,
So mach es eben ſo; ich weiß, du biſt nicht
blöd.
Du kannſt oft dreuſte thun. Sag, du willſt ſie
verklagen
Bey deinem Vater; dann will ichs mit ihren
wagen.
Ich wett, ich mach ein End, doch haſt du
ſchon was vor, (ganz verträulich.)
Das ihren Platz erſetzt. (Florindo zuckt die
Achſel) Ich geb dir was ins Ohr.
Geh zu der Julia, (Flor. macht große Augen)
und ſuche dort vor allen

Durch

Durch Scherz und Schmeicheley der Mutter zu
gefallen.
Sag, daß dein ganzes Glück in ihren Hän=
den sey,
Ihr Will sey dein Gesetz; Du stellst ihr al=
les frey.
Ich wett, du dankest mir, die Folge wird es
zeigen.
Ich weiß schon, was ich weiß, den Rest muß
ich verschweigen.
Noch eins vertrau ich dir; wenn Julchen
mit dir spricht,
So gieb ihr ebenfalls geheimen Unterricht.
Sag sie soll zu mir gehn; sie soll sich mir ver=
trauen,
Sie soll mir schmeichlen, und ihr Glücke auf
mich bauen.
Itzt rede ich nichts mehr: dein Witz ist mir
bekannt,
Durch diesen knüpfe dir ein anders Eheband.
Florindo ganz erfreut küßt Cassandro die Hand.
O gnädiger Papa!

Cassandro.
Adieu! bis Wiedersehen. (u. ab.)
Florindo mit Compliment.
Adieu! so muß es doch nach meinen Wünschen
gehen.
Mein lieber alter Herr! dein Sohn der ist
kein Thor!

Nun

Nun fällt Rosaura durch, und Julchen
steigt empor.
O Glück! hier kömmt sie schon!

Sechster Auftritt.

Julia betrübt, und Florindo.

Florindo.
Ach Julia mein Leben!
Der Himmel will mir sie aufs neue wieder ge=
ben.
Das Blatt hat sich gewandt
Julia.
Florindo so vergnügt,
Da unser beyder Wunsch im tiefsten Abgrund
liegt?
Florindo.
Nun sind wir himmelhoch, es steht in unserm
Willen:
Verstellung und Vernunft kann unsre Sehn=
sucht stillen.
Wir können glücklich seyn, und das mit
leichter Müh,
Es kömmt nur auf uns an!
Julia.
Florindo, was sagen sie?
Sind sie noch bey Verstand? ich glaub sie phan=
tasiren?

Flo,

Florindo.

Nur still, ich werde sie vollkommen überführen.
Mein Vater zeiget sich zu allem ganz geneigt,
Besonders da ich ihm den schönen Brief ge-
zeigt,
Den mir Rosaura schrieb. Genug! heut kann
ich brechen:
Sie müßen liebster Schatz! mit meinem Vater
sprechen.
Er will geschmeichelt seyn, er ist für sie ge-
gesinnt.
Das Schmeicheln ist ihr Sach, das können
sie mein Kind;
Das süße Schmeicheln, ja! ich weiß davon zu
sagen,
Wodurch ich Lebenslang muß Sklavenketten
tragen.
Auch bey der Chere Mama spiel ich die glei-
che Roll,
Dann geht die ganze Sach, so wie sie gehen
soll.

Julia.

Ich bin ganz außer mir, von dem was ich vernommen.
Florindo liebster Schatz! sie soll ich noch bekommen?
Zu einer Zeit, da ich sie ganz verlohren gab?
Dies schmeichlende Geschick reißt mich aus
meinem Grab.
Doch täuschen sie mich nicht! ich förcht und
muß gestehen,

Mir

Mir scheint es unglaubbar
Florindo.
Sie werden es bald sehen,
Daß es die Wahrheit sey. (zornig) Sie
bringen mich in Wuth;
Sie glauben mir gar nichts?
Julia.
Nu, seyn sie wieder gut.
Ich will gehorsam seyn in allem ihren Willen.
Florindo.
Vor allem müßen sie des Vaters Hochmuth
stillen.
Er will geschmeichelt seyn. Das kömmt auf
ihnen an,
Und für das übrige stell ich an mir den Mann.
Julia.
Gut! seyn sie ohne Sorg! in Kurzem soll man
sehen,
Wie ihr Herr Vater wird zu meinen Diensten
stehen.
Wenn ich den Vater sprech, bild ich den
Sohn mir ein;
Denn wird mein Schmeichlen mir um so viel
leichter seyn.
Florindo.
So geht es, wenn man erst das Unglück läßt
vertoben;
Dann sieget wahre Lieb nach ausgestandnen
Proben.
Geliebte Julia, das Leiden ist vorbey;
So sieget wahre Lieb, so sieget wahre Treu.

Aria

Aria.

Nach der welschen Musik.

N. 5.

Wer nur das Glück läßt walten,
Wird seinen Wunsch erhalten,
  Dann folgt so viel Vergnügen,
  Und diese kann besiegen,
Die ausgestandne Plag.   da Capo.
(Nach der Aria gehet Florindo ab linker Hand.)

Julia.

Nun Julia, rüste dich mit allen deinen Waffen,
Die bey dem Männervolk dir allzeit Glück ver=
    schaffen.
  Der Sieg ist nicht zu schwer bey einem al=
    ten Mann;
   Bey einem jungen kömmt er uns oft sauer an.
Doch still, der Feind erscheint; ich will den An=
    griff wagen,
In kurzem ist der Tropf bis auf das Haupt
    geschlagen.

Siebenter Auftritt.

Caſſandro (rechter Hand.) Julia.

Julia.

Da mich mein Glück verfolgt, da mich mein
Schmerz erdrückt,
So bin ich doch vergnügt, daß ſie mein Aug
erblickt.
Sie können meine Qual mit leichter Müh er-
gründen;
Man will mich heut, o Gott! mit einer Hand
verbinden,
Die mein Verderben macht, die mir den Tod
noch bringt,
Sie wiſſen daß man mich zu dieſem Bünd-
niß zwingt;
Und heute noch ſoll ich auf ewig mich verſchen-
ken.
Ach hilf!

Caſſandro.

Sie müßen ſich doch nicht ſo heftig
kränken!
Gewiß! ich bin erſtaunt. Iſts möglich?
was ich hör?
Wer glaubte, daß dies Band ſo ſehr zuwi-
der wär?

Ihr

Ihr Klagen rühret mich. Könnt ich mit meinem Leben

Zu ihren Diensten seyn? mein armer Sohn
liegt eben

In dieser Herzens-Angst; das ist ein harter
Streich!

Julia.

Sein Unglück ist gewiß dem meinen gar
nicht gleich;

Sein Gegenstand ist jung, der meine alt ab-
scheulich.

Caſſandro.

Verachtes Alter! Ach!

Julia.

Wir reden itzt verträulich.

Das Alter haß ich nicht; ja mancher alter
Mann

Ist oft so liebenswerth, als man nur wünschen kann.

Caſſandro.

Uberto glaube ich, ist eben auch von jenen,
Die man noch lieben kann.

Julia.

Pfui, daß sie mich so hönen!

Wenn es Caſſandro wär, so fiel ich ihnen
bey.

Caſſandro.

Sie scherzen, schönstes Kind!

Julia.

Ich sag es ihnen frey.

Ihr

Ihr Ansehn und die Art, mit der sie allei
kleiden,
Erheben ihren Werth, man siehet sie mit Freu
den.

Caſſandro.
Allein die vielen Jahr?

Julia.
Er iſt noch halb ſo alt.

Caſſandro.
Er iſt kein übler Mann.

Julia.
Die häßliche Geſtalt
Gleicht einer Mißgeburt; ſie ſollten gar bald
ſehen,
Daß ich aus Lieb zu ſie den jüngſten wollt ver-
ſchmähen.

Caſſandro.
Sie machen mich recht ſtolz. (abſeits) Durch
was für einen Trieb
Redt ſie alſo zu mir? iſts Argliſt oder Lieb?
Ich komm noch auf den Grund, ſie muß es
mir geſtehen!)
Wie lange haben ſie nicht meinen Sohn ge-
ſehen?

Julia unſchuldig.
O das iſt lange ſchon. (abſeits) Wie kömmt er
doch ſo fein?

Caſſandro.
Schon lange nicht?

Julia.
Gewiß!

Caſ-

Caſſandro abſeits.

Nun kann es Liebe ſeyn;
Dann ſonſten glaubte ich, mein Sohn hätt
ihrs befohlen.

Julia abſeits.

Cupido eile mir den Siegeskranz zu hohlen!

Caſſandro heimlich.

Schmidt nun Caſſandro ſchmidt! itzt iſt das
Eiſen heiß;
O Lieb! wie iſt mir doch? (wiſcht ſich das
Geſicht ab.)

Julia.

Seht doch den alten Greis!
Nun wird der Gimpel wohl mit ſeiner Lieb
ausbrechen,

Caſſandro.

O Fürſicht ſteh mir bey! o Liebe hilf mir ſprechen!

Julia abſeits.

(Ich muß ihm helfen) wie! ſie ſind ja ganz
verwirrt?

Caſſandro.

Ihr Schickſall, armes Kind! hat mich zu ſehr
gerührt.
Ich müſte ſteinern ſeyn; ich müſte mich ver-
fluchen,
Wenn ich nicht Hülf, nicht Rath, nicht Mit-
tel ſollte ſuchen.
Ich wär ein Bär, ein Drach, ein Löw, ein
Tiegerthier,

Der Tartar = Kulican wär eingefleischt in
mir,
Wenn ich das arme Lamm dem alten Wolf
sollt gönnen.

Julia.

Wie zärtlich sind sie doch!

Cassandro.

Sie sollen mich erst kennen.
Ich will ihr Trost, ihr Schutz, ihr Freund,
ihr Vater seyn.

Julia.

Sie sind mein anders Ich! ich stimm in al=
len ein,
Mit Siegel und mit Brief

Cassandro.

Das wollen sie mir geben?

Julia.

Ja, noch mehr!

Cassandro.

Und was noch?

Julia.

Sogar mein eignes Leben.
In einer Stund schick ich die Cart' bianca
hin.
Da schreiben sie

Cassandro.

Was dann?

Julia.

Daß ich leibeigen bin.

Cassandro.

O Turteltäubelein! sie stellen ihr Geschicke

In

In mich. Gut, dieses sey ihr allergrößtes
Glücke.
Sie Schicken nur die Schrift; denn mache
ich den Schluß,
Der allen ihren Schmerz auf ewig tilgen muß.
Wie wird mein armer Sohn bey diesem Wech=
sel lachen?
Geduld! in Kurzen will ich viele glücklich ma=
chen.

Julia.

O Schutzgeist! welchen mir der Himmel hat
gesandt,
Der alles Leiden stillt, der allen Schmerz ver=
bannt.

Aria.
Nach welscher Musik.

N. 6.

Ein neues Glücke,
    Ein neues Leben,
O welch Geschicke!
    Wird mir gegeben.
Ihr seyd die Wonne,
Ihr seyd die Sonne,
    Die mir mein Leiden
    Mit Freuden
Versüßen kann.
(Nach der Aria gehet Julia mit vielen zärtli=
chen Komplimenten ab.)

Caſſandro.

Geh Unſchuld, gehe nur, gar bald biſt du
mein eigen;
Ich mußte mit Bedacht mich dießmal noch
verſchweigen,
Daß ich mich ſelbſten mein; und meinet
ſie den Sohn,
So lache ich dazu, dem ſchnapp ich ſie
davon.
Ein jeder ſorgt für ſich; mein Glücke zu er-
reichen,
Denk ich, der Sohn kann ſchon dem Vater
dießmal weichen.
Bekomm ich nur die Schrift, ſo richt ich
ſie ſo ein,
Daß ſie bey aller Welt für mich muß
gültig ſeyn.

(und gehet auch ab.)

Ach-

Achter Auftritt.

Uberts Zimmer mit Tisch und Sessel.

Uberto.

Aria.

Nach wälscher Musik.

N. 7.

Uberto.

Aspettare e non venire,
Stare in letto, e non dormire,
Ben Servire, e non gradire,
Sontre cose da morire.

Der Wälsche hat gewiß das Sprichwort gut
genommen:
Zu warten voll Begierd, und dennoch nicht
zu kommen,
Ein Diener treu zu seyn nach seinem armen Stand,
Aufrichtig ohne falsch, und dannoch nicht
erkannt;
Schlaflos im Bett zu seyn, mit Sorgen stäts
zu schaffen,

C 3   Und

Und das die ganze Nacht, und dennoch nicht
    zu schlaffen;
  Das sind drey böse Ding, die bringen alle.
    Noth;
  Wem dieses Sprichwort trift, der wünscht
    gewiß den Tod.
Drey Stund schon soll man mir die Choko-
    lade bringen.
Es kömmt kein Mensch, hier hilft kein Pfei-
    fen, Schreyen, Singen;
  Das ist zu viel, und mir entgehet die Ge-
    duld.
  Nur meine Güte ist an allem diesen schuld.
(Schreyt) Serpina! hörst du nicht? (Schreyt
    ärger) Serpina! ja bis morgen.
O weh! das böse Mensch lebt frey von allen
    Sorgen;
  Und ich hingegen leb in tausendfacher Pein,
So schlecht, wie ich, wird wohl kein Herr
    bedienet seyn.
Schreyt aus allen Kräften.
Serpina! Rabenfleisch!

Neunter Auftritt.

Crispin à *Tempo.*

Was schaffen Ihro Gnaden?
Uberto.
Was will der Lumpenhund?

Crispin.

Crispin.
Ich dacht es könnt nicht schaden.
Wenn nicht die eine käm, wär doch die andre
hier.

Uberto.
Du weißt das ganze Jahr brauch ich gar
nichts von dir.

Crispin.
Ja, leider! weil das Mensch mir alle Gnad
genommen,
Die ich vorher besaß, eh sie ins Haus gekommen.

Uberto.
Gedulde dich! noch heut ist ihre Herrschaft
aus.

Crispin.
Wie so?

Uberto.
Ich heirath ja! sie muß aus meinem
Haus.

Crispin.
O Herr! (höhnisch)

Uberto.
Wie! zweifelst du?

Crispin.
Das denk ich ungesehen.

Uberto.
Du zweifelst?

Crispin.
Ja gewiß!

C 4   **Uberto.**

Uberto.

Du wirst es heut noch sehen.
Die Braut ist ausgemacht.

Crispin.

In diesem Haus?

Uberto.

Wie! wie?

Crispin.

Serpina will es seyn.

Uberto.

Verflucht! was denket sie?
Das Mensch! das schlechte Mensch, will die
Gedanken hegen?
Die schlechte Creatur?

Crispin.

Herr sie spricht ganz verwegen.
Es schaudert mir die Haut von dem, was
ich gehört.

Uberto.

Wo ist sie dann?

Crispin.

Sie hat sich rasend eingesperrt.
Da flucht sie

Uberto. (heftig)

Ich fluch auch

Crispin.

Sie weint.

Uberto. (wie vor.)

Auch du sollst weinen.

Crispin.

Warum dann ich? (lächerlich)

Uberto.

Uberto.

Geh fort! sie soll sogleich erscheinen!

Crispin.

So lang das Mensch im Haus, herrscht
Unruh und Verdruß
Ich wett, sie geht mir nicht, was thu ich
dann?

Uberto.

Sie muß!

Crispin.

Nun kocht die Gall in ihm (und ab.)

Uberto.

Seit ich das Mensch genommen,
Ist nach und nach der Fried aus meinem Haus
gekommen.

Ich hab Serpina in der Wiegen schon ge-
kannt

Weil ihre Mutter mir in etwas war verwandt.

Ich nahm das Kind zu mir, und hab es auf-
erzogen,

Und war dem Mädel mehr als einer Magd
gewogen.

So gehts, wenn sich ein Herr so tief herun-
ter läst,

So hört die Herrschaft auf, so hält die
Magd ihr Fest.

Nun will sie sich so gar bis zu der Frau
erheben,

So muß man der Madam bey Zeit den Ab-
schied geben.

C 5   Die

Die Heirath macht den Schluß: Ist nur
        die Braut im Haus,
So ist Serpina weg, und die Comedie
        aus.

Zehnter Auftritt.

Serpina, Crispin und Vorigen.

(Serpina ganz zornig im Herausgehen.)

Du kömmst mir eben recht. Der Kerl will gar
        zanken.
Mich schelten. O verflucht! verdamme den
        Gedanken;
Wenn du und auch dein Herr, sich etwan
        bildet ein,
Daß außer mir ein Herr, in diesem Haus
        könnt seyn.

      Uberto.
Vortrefflich!

      Crispina.
    Doch, der Herr! —— —
   Serpina (fällt ein.)
     Was Herr? wirst du es wagen,
Mir noch einmal etwas von einem Herrn zu
        sagen,
So siehe auf dich zu.

           Uber=

Uberto.

Noch besser.

Serpina.

Glaube mir.
Monsieur ich red alsdann nachdrücklicher mit
dir.

Crispina.

Nachdrücklicher?

Serpina.

Gewiß!

Crispin.

Wie dann?

Serpina.

Es wird sich zeigen.

Uberto.

(Verflucht! das geht zu weit)

Crispin.

Was giebt es dann?

Serpina.

Ohrfeigen.

Uberto.

Holla! wer lärmet hier? Wer ist es, der
so spricht?
Wo bleibet der Respect? kennt man den
Herrn nicht?

Serpina.

Ja Bärnhäuter! ja! (zu Crispin) und auch
den Uberto ansehend.

Uberto.

Willst du noch nicht aufhören.

Ser=

Serpina.

Ich will dir Bösewicht gleich andre Mores leh-
ren.

Crispin.

Ist das nicht unser Herr?

Serpina.

Nein! tausendmal Nein! Nein!
Ich will allein hier Frau, Frau, Frau, ja
Frau hier seyn.

Uberto. (zornig)

Du Magd?

Serpina.

Weil ich das bin, soll man mich schlecht trac-
tiren?
Mich kränken? und dabey noch den Respect
verlieren?
Ich will ins künftige, daß man mich also
ehrt,
Wie es mein Rang verdient, wie es mein
Stand begehrt.

Uberto. (höflisch und ehrbietig.)

Ich bin ganz Ehrfurcht voll, doch sachte ihro
Gnaden:
Sie zörnen sich zu stark, das könnte ihnen
schaden.
Ich bitte unbeschwert! was hat er dann ge-
than,
Das sie so wieder ihn zur Ungnad reizen
kann?

Serpina.

Der Kerl kam zu mir, sie hätten ihm befohlen,
Er

Er ſoll mich alſogleich (ſtampft für Zorn.)

Uberto.

Was dann? (begierig.)

Serpina.

Zu ihnen holen.

Uberto.

Was? dieſer Böſewicht hat ihnen das ge-
ſagt?

Sie glauben es doch nicht: das hätt ich
nie gewagt,

Daß ich ſo frey, ſo keck, das Menſch hätt holen laſſen.

Serpina.

Nur nicht geſchimpft, mein Herr! ihr ſollt
euch beſſer faſſen.

Was? Menſch? wer iſt ein Menſch? o!
dieſer Caracter

Iſt lange von mir weg, das wiſſen ſie,
mein Herr!

Uberto.

So, ſo, jetzt merk ichs erſt; drum konnte ich
nicht wiſſen,

Daß auf die Chokolad ich ſo lang warten
müſſen.

Die bringet keine Frau

Serpina.

Zu was denn Chokolad? (hönisch)

Uberto.

Poß Safframent! du fragſt?

Serpina. (heftig.)

Jetzt iſt es ſchon zu ſpät!

Uber-

Uberto.

Ja, jetzt ist es zu spät.　Alleinig vor drey
Stunden?

Serpina.

Da hab ich keine Zeit zu ihrem Dienst gefunden.

Alles ist Eitelkeit, sie bilden sich nur ein,
Sie hätten sie gehabt, so wird es auch so
seyn.

Uberto.

Hörst du; ich habe schon die Chocolad genommen.

Was meinst du? war sie gut? wie wird sie
mir bekommen?

Crispin.

Alles ist Eitelkeit! sie bilden sich nur ein —
Uberto. (fällt ein.)

Daß du ein Spitzbub bist, der will geprügelt
seyn.

Crispin.

Ich bild es mir schon ein.

Uberto.

　　　　Boßhafte! so vermessen?
Kanst du die Schuldigkeit, und was du warst,
vergessen;
Jedoch, du hast ganz recht; ich war bisher ein Vieh,
Das alles gehen ließ, so gar mit welchem
sie
Konnt schaffen, spotten, schmähn: ich durfte
nichts verwehren.

　　　　　　　　　Doch

Doch, heute will ich noch das ganze Haus
verkehren.
Heut fällt die Herrschaft weg, heut fängt
die meine an:
Von heut an zeige ich, daß ich befehlen
kann.

Aria.

Nach welscher Musik.

N. 8.

Allzeit in Zanken lebt man mit dir rpe.
Bald fehlt es hier,
Bald dort, bald da,
Bald weit, bald nah.
O das ist Jammer, Jammer, Jammer;
Das geht nicht mehr,
Komm her, was sagest du?
In dieser Sach dazu?
Soll ich verderben?
Mein Herr! nein! nein!
Soll ich gar sterben?
Das laß ich seyn.
Bald schwarz, bald weiß, bald kalt, bald
heiß,
Bald dort, bald da, bald weit, bald nah,
O das ist Jammer, Jammer, Jammer;
Das geht nicht mehr, das geht nicht mehr,
das geht nicht mehr.
                          Deine

Deine Bosheit abzubüßen,
Wirst du weinen müssen, (oft noch)
Und oft gedenken, ich habs verdient.
Ich diente schlecht:
Mir gschicht ganz recht.
NB. Crispin hat unter der Aria Lazzi mit
    heimlich lachen und *serieuse* seyn.

Serpina.

Das ist bey dieser Zeit der treuen Dienste
Lohn,
Wenn man zur Dankbarkeit, den Undank
trägt davon.

Uberto. (spöttisch)

Dieser armen Haut ist gar zu viel geschehen.
Das Unrecht ist zu groß. (zu Crispin.) Du
must es selbst gestehen.

Serpina.

Für meine harte Müh für meine große Plag
Muß ich verstoßen seyn?

Uberto. (zu Crispina wie vor.)

So hör doch ihre Klag!
Bist du noch nicht gerührt?

Crispin.

Bis auf den Ellenbogen.

Serpina.

Stets meint ich recht zu thun, wie hab ich
mich betrogen?
Ich meint, ich wär geliebt, geehrt in diesem Haus.

Uberto.

Geehrt wie eine Katz (lacht mit Crispin.)
Serpi=

Serpina.
Wie! lacht man mich gar aus?
Uberto.
Respect für Sie; wer wird sich dieses unter-
stehen?
Serpina.
Mein Herr! sie sollten doch auf ihr Gewissen
sehen.
Sie sind ein Mensch, wie ich, nehmt diese
Lehre mit;
Ein Wurm, der windet sich, wenn man
denselben tritt.
Crispin.
Herr! sie philosophirt!
Uberto.
Ich glaub, sie ist besessen.
Serpina.
Wie! alles spottet mich? ha! das ist zu ver-
messen.
Verachtung, Schimpf, und Schand, bringt
mich aufs neu in Wuth.
Uberto.
Nein! jetzo geh ich aus; bring Mantel,
Stock und Hut!
Ich will auf eine Zeit zu meinen Freunden ge-
hen;
Dann dieses wilde Mensch, kann ich nicht mehr
ansehen.
Geh! (zu Crispin, so gehen will.)
Serpina.
Bleib! (herrisch) was wollen sie?
D   Uberto.

Uberto.

Was mir gelegen ist.

Serpina.

Seht doch! kurz abgetrumpft. Mein schöner Herr! ihr wißt,
Daß ich will Rechenschaft allzeit von ihnen haben.

Uberto.

Crispin, ich bitte dich, geh, lasse mich begraben.

O Kühnheit! (bleibt unbewegt.)

Serpina.

Nu! wie wirds?

Uberto. (heimlich erbittert.)

Madam ich gehe aus.

Serpina.

Gewiß?

Uberto.

Den Augenblick.

Serpina.

M nsieur, er bleibt zu Haus.
Nun ist es schon zu spät, wir gehen bald
zum Speisen,
Gleich nach der Tafel kann er nach Trips-
trill hinreisen.

Uberto für sich.

Geduld, Vernunft, o steht mir diesesmal noch
bey,
Daß ich, kein Mörder nicht von dieser Schlan-
ge sey.

Serpina.

Serpina.

Murrt, brummet, wie ihr wollt, und lasset
euch auszlehen,
Denn aus dem Haus zu gehn, dürft ihr
ihr euch nicht bemühen.

Uberto murrend.

Ich schwitz am ganzen Leib, mein Körper steht
in Brand.

Serpina.

Seht doch den Eigensinn! der Trotzkopf wär
im Stand,
Ganz einen neuen Brauch nach Willkühr
aufzubringen,
Serpina heisse ich, die lasset sich nicht zwingen.
Ich habe dieses Haus bisher allein regiert,
Geschaft, gemacht, gethan, so wie es mir gebührt,
So muß man auch ein Werk in seinem Gang
erhalten,
So lang Serpina lebt, wird sie ihr Amt
verwalten,
Kennt ihr den Schlüssel noch von unsrer Hau-
ses Thür. (zeigt einen großen Schlüssel.)

Uberto.

Crispin! ach labe mich! (lähnt sich an ihn.)

Crispin.

Herr! ich hab nichts bey mir.

D 2   Aria.

Aria.

Nach welscher Musik.

——————————

N. 9.
Serpina.
Der Trotzkopf will mir nur befehlen,
Sein Zorn sucht mich allein zu quälen,
  Doch nein, nein, das soll nicht geschehen:
  Man muß auf meinen Willen
Ganz still alleinig sehen.
Stille! Serpina will es so
  Ihr werdet mich verstehen,
  Weil wir einander sehen,
Schon lange lange Zeit.   da Capo.
Uberto.
Crispin, wer ware ich, wie du ins Haus ge-
            kommen?
Crispin.
Mein Herr,
Uberto.
      Das war ich auch, wie ich die Magd ge-
            nommen.
Wer bin ich itzt?
Crispin.
      Nicht viel.
Uberto.
            Wie du ein armer Knecht.
Vor war ich recht vornehm,

                              Cris-

Crispin.
Und itzo sind sie schlecht.
Uberto.

Die Frau die künftig soll das ganze Ruder
führen,

Das war die große Frau, die konnt mich de-
gradiren,

(Compliment) Hochwohlgebohrene, ich bin ihr
Unterthan,

Sie fangen nun mit mir, was sie nur wollen
an,

Ich geh, ich komm, ich bleib, sie dürfen nur
befehlen,

Ich nehm auch jeden Dienst, zu dem sie mich
erwählen,

Kurz ich bin gar nichts mehr.
Crispin.
Das sind sie schon sehr lang.
Serpina.

Welch heilsamer Entschluß, welch prächtiger
Anfang,

Nun wird das ganze Haus wie eine Rose
blühen,

Nun wird sich Fried und Ruh in unsre Mau-
ren ziehen.

Nun wird mein Glück ihr Glück, mein Will
ihr Wille seyn.

Crispin! ach bilde dir das süße Leben ein!
Crispin.
Itzt wirds bey uns frisch auf, recht toll und
voll hergehen.

D 3   Ser-

Serpina.

Gewiß! wenn alles wird nach meinem Kopf
geschehen.

Uberto ganz gelassen.

Crispin itzt sind wir gleich.

Crispin.

So recht Herr Kamerad! (umarmet ihn.)

Uberto.

Itzt schütte alles aus, was dein Herz auf sich
hat.

Verschmäh, verspotte mich, stell mich zu allen
Narren,

Die mir an Raserey doch niemals ähnlich waren.

Sag zu mir, großes Vieh, dir ist kein Ochs
nicht gleich,

Beliebt es dir, so gieb mir einen Backenstreich.
Hier hast du mein Gesicht (haltet ganz gelassen.

Crispin höflich.

Herr, wenn sie so befehlen.

Uberto.

Ja, ja, schlag nur recht zu. (wie zuvor.)

Crispin.

Ich will gewiß nicht fehlen,

Ich hab so eine Schuld, und zwar von langer
Zeit. (er richtet sich mit Lazo.)
Hier! (will schlagen.)

Serpina.

Halt! das will ich nicht, das gieng etwas
zu weit.

Uberto voll Zorn.

Verfluchte Mörderinn, du Ursprung meiner
Plagen,

Du Gift, du Todtengruft von meinen alten
Tagen,

O hätt' man dich doch gleich im ersten Bad
ertränkt,

O hätt' die Amme dich am Wiegenband er‐
henkt,

O wär dein erster Brey zu lauter Gift gewor‐
den,

War gar kein Mörder da, dich damals zu er‐
morden !

Hätt doch der erste Stral der Sonne dich ver‐
brannt,

O hätt man dich statt Kind, als eine Katz er‐
kannt,

So wärst du Unkraut todt. Crispin holl mei‐
nen Degen,

Ich will den Cerberum mit eigner Hand er‐
legen.

(Crispin will fortlaufen, heimlich lachend.)

NB. Serpina hat unter Uberts Reden einen jeden
Tod immitirt.

Bleib, nein, ich wasche nicht die Hand in ihrem
Blut,

Ich weiß die Rache schon, und die ist auch so
gut.

Ich heirath ja noch heut, du kannst indessen
gehen.

(Crispin geht heimlich lachend ab.)

Serpina.

Sie heirathen?

Uberto serieux.

Noch heut.

Serpina.

Das laß ich gern geschehen,

(abseits.) Itzt geht der Vogel ein.

Uberto heimlich.

Wie bin ich doch so froh,

Sie wendet nichtes ein (zu ihr) drückt dich gar
nichts?

Serpina.

Wie so?

Uberto.

Ich dachte — nu schon gut, itzt find ich dich be-
scheiden

Daß du die Heirath so billigest.

Serpina.

O mit Freuden!

Ich hab es längst gewünscht, so gehts nach
meinem Sinn.

Uberto.

Wie gehts nach deinem Sinn?

Serpina.

Weil ich die Braut selbst bin.

Uberto.

Was!

Serpina.

Ich

Uberto.

Du?

Ser=

Serpina.

Ja!

Uberto.

Gewiß?

Serpina.

Wer wird denn daran zweifeln?

Uberto.

Vermaledeytes Mensch! wärst du bey 1000.
Teufeln.

Serpina.

Wer soll es denn sonst seyn, seht doch der alte
Bock.

Denkt etwan gar

Uberto. (fällt ein.)

Verflucht! wo hab ich meinen Stock!
Daß ich die Braut dir kann aus allen Gliedern
jagen.
Du schlechtes Mensch! (holt vom Tisch den
Stock.

Serpina. (fällt ein.)

Hier hilft kein Schreyen und kein Schlagen.
Genug ich bin die Braut.

Uberto.

Ich schlag dich tod. (springt auf sie mit auf-
gehobenen Stock.)

Serpina. (spreizt die Arm unter)
Nur her!

Uberto.

Ich schlag dich tod. (wie zuvor.)

Serpina.

Nur her. (wie zuvor.)

D 5 Ubers

Uberto.

O welch verflucht Gescherr
Macht mir das böse Mensch! Ich bin ja aus-
zulachen.
Sie ist ein purer Narr. Was soll ich mit ihr
machen?

Serpina.

Ihr seyd mein Bräutigam! das sag ich tausendmal.

Uberto.

Und ich sag tausendmal, geh Närrin ins Spi-
tal.

A r i a.

Nach wälscher Musik.

N. 10.

Serpina.

Ich erkenn aus diesen Blicken,
Freude, Liebe und Entzücken
Wenn die Augen sagen nein!
Soll es ja doch allzeit seyn.

Uberto.

O Madam! das ist erlogen!
Diese Augen sind betrogen,
Wenn die Augen sagen nein!
Wird eß nein auch allzeit seyn.

Serpina.

Doch, warum?
Ich bin ja ein Engel,

Doch

Wie ein Zuckerstengel
Ohne alle Mängel.
Fort! bewundert meine Blicke!
Meine Stralen!
Welch' Ansehen!
Welch' großen Geist.

Uberto.

Wie die Her sich spreizen kann!
O die Schlang führt mich noch an.

Serpina.

(Ich glaub, er ist schon gefangen)
Komme! komme mein Verlangen!

Uberto.

Geh fort du Närrin!

Serpina.

Mein Geliebter, du bist mein!

Uberto.   a Due

O was Marter! welche Pein!

Serpina.

Ich bin ja für dich gebohren.

Uberto.

Ach ich bin schon ganz verloren!

Serpina.

Komme! komme mein Verlangen!

Uberto.

O die Schlang hat mich gefangen.

Serpina.

Mein Geliebter, du bist mein!

Uberto.

O was Marter! o was Pein.

Ende des ersten Theils.

Zweyter Aufzug.

Erster Auftritt.

Der Alberta Zimmer.

Alberta ſitzet am Tiſch vor einem Spiegel,
und richtet ſich die Sträußel.

So denk ich, iſt es recht. Nun ſtehet alles
gut.
Ich ſeh ſo munter aus: was doch die Liebe
thut?
Die Augen ſind ſo friſch, als wie das pure
Leben.
Doch ja! hier muß ich mir noch etwas Schmin-
ke geben.
(Schmückt ſich.) So, ſo. Wie ſiehts da aus?
ſieht rückwärts in Spiegel ●
Auch gut. Ich hab mit Fleiß
Mich ohne Menſch geputzt, dieweil ich ſicher
weiß,
Daß dieſes tumme Thier, mir gar nichts recht
kann machen;
Hingegen mein Lackey verſtehet dieſe Sachen,

So,

So, gut. Der Mensch ist voll von Gusto
und Geschmack;
Er ist recht sehr geschickt. Wo bist du lieber Jaques?

(sie leutet.)

Zweyter Auftritt.

Jaques.

Ich war schon auf dem Weg, weil ich sogleich
vernommen,
Von einem Diener, daß Florindo jetzt wird
kommen.

Alberta.

Er kommet schon? ach! Jaques, sieh mich
nur sorgsam an,
Daß man an meinem Putz gar nichts aus-
setzen kann.

NB. Alberta drehet sich langsam herum, und
Jaques hat sie genau betrachtet.

Jaques.

O sie sind gar zu schön, und gleichen einem
Engel.

Alberta.

Du Schmeichler!

Jaques.

Ja, gewiß; ich finde keine Mängel;
Und überhaupt Madam! wie ich sie heute
sind
So schön, so aufgeweckt.

Al.

Alberta. (fällt ein.)

Schweig doch du loses Kind.

Jaques.

Sie suchen heut gewiß was großes auszuführen?

Alberta.

Es zeiget sich ein Glück, das will ich nicht verlieren.

O Jaques, das ist ein Glück, jetzt lasse mich allein;

So bald Florindo kömmt, so schick ihn gleich herein.

Jaques mit zärtlichen Complimenten, welche ihm Alberta mit gleichet Art macher. (ab)

Florind, so viel ich merk, läßt über sich nicht klagen;

Er kömmt viel früher noch, als er sich ließ ansagen.

Um vielmehr wäre mir, sein Eifer angenehm,

Wenn er so gut für mich, als für die Tochter käm.

Er komm, für wen es will, so will ich es so drehen,

Daß die gemachte Lift mir muß von statten gehen.

Ich hör ihn. (richtet und brüftet sich.) Nun heraus du alte Practica,

Von der die Welt von mir so viele Wunder sah.

Drit=

Dritter Auftritt.

Florindo tritt mit einer tiefen Neigung
ein.

Florindo.

Ich komme.

Alberta.

Seyn sie mir zu tausentmal willkommen.

Florindo.

Die Kühnheit ist sehr groß, die ich mir vorge-
nommen;

    (Küßt ihr schmeichlend die Hand.)

Ich bitte tausendmal. (Küßt wie zuvor.)

Alberta.

    O schweigen sie doch still!

Es ist mir eine Ehr.

Florindo. (fällt ein.)

    Nein! es ist gar zu viel. (Küßt.)

Doch, dero Güte, die man aller Ort thut
preisen.

Wird mich entschuldigen. (Küßt.)

Alberta.

    Die Ehr, die sie erweisen

Entschuldiget sie gar leicht, zumalen da bekannt,

Daß wir in kurzer Zeit so nahe sind verwandt.

Flo-

Florindo.

Wenn die Verwandtschaft nur mir ihre Gnad
soll schenken,
So muß ich auf ihr Haus das letztemal gedenken.

Alberta.

Wie so? (Verwundernd.)

Florindo.

Ich bitte sie, durchsehn sie dieses Blatt.
(giebt der Rosaura den Brief.)

Alberta.

(Nachdem sie ihn gelesen.)
Nicht übel. (höhnisch.)

Florindo.

Und gewiß recht zärtlich.

Alberta.

In der That!
Was wollen sie nun thun?

Florindo.

Das ganze Band zernichten.
Ich werde Krieg und Streit in jenem Haus
anrichten.
Kurz, alles ist nun aus!

Alberta.

Seht doch der schlimme Mann,
Der seine schöne Braut, so leicht vergessen
kann.

Florindo.

O! das vergißt man leicht, was man niemals
geliebet,
Und was der strenge Schluß, der Aeltern Kinder giebet. **Alber=**

Alberta!

Das wird ein harter Tag für Uberts Hause seyn;

Denn ich geh ebenfalls das Band durchaus
nicht ein;

(schmeichlend) Florindo! darf ich wohl für ihre Liebe sorgen?

Sind sie zufrieden?

Florindo. (fällt ein.)

Ja! ach lieber heut als morgen.

Alberta.

Wie ist ihr Gusto dann? jung nicht wahr,
wie mein Kind?

Florindo.

Ich red hier nichtes ein, und folge ihnen
blind. (küßt.)

Alberta.

Vielleicht was Mannbares? gesetzt? von
meinen Jahren?

Florindo.

Auch so. (küßt.)

Alberta.

Ich möchte doch, was Lieben ist erfahren.
Was Kleins, was Herziges?

Florindo.

Ja, ja. (küßt.)

Alberta.

Groß? wie ich bin?

Florindo.

Just so? (küßt.)

E   Albert-

Alberta. (heftig.)

So reden sie. Fett? mager? dick? und dünn?

Florindo.

Ja, ja. (küßt.)

Alberta.

Sie küssen nur. Was soll ich daraus schließ-
sen?

Florindo.

Wer kann wohl diese Hand genug, und sattsam küssen?
Mama! (zärtlich)

Alberta. (fällt ein.)

Nur nicht Mama. Der Name macht mich
alt.

Florindo.

Sie sind noch jung, noch schön; die göttli-
che Gestalt
Kann noch ein jedes Herz verwunden und besiegen.
(abseits) Der mach ich recht das Maul.

Alberta. (abseits.)

Der denkt mich zu betrügen.
(Allein ich hab dich schon) so machen wir
den Schluß!
Wenn anderst ich für sie, im Lieben sorgen
muß?
Wie soll die Braut denn seyn?

Florindo.

Sie sorgen für mein Leben,
Ich bin ihr Knecht, ihr Sclav, das will ich
schriftlich geben.

Alber-

Alberta.

Nur mit der Schrift gleich her!

Florindo.

Wie soll die Schrift denn seyn?
Ausführlich?

Alberta.

Warum das, den Namen mir allein?

Florindo.

Den Namen? alsogleich! (lauft zum Tisch,
unterschreibet einen Bogen, bestreut ihn,
und legt ihn zusamm.)
Nun hab ich ihn geschrieben. (giebt ihrs.)
Jetzt schalten sie mit mir nach eigenem Belie-
ben.

Alberta.

Florindo, diese Hand gibt in gar kurzer
Zeit
Ein Herz zum Opfer hin, das lang für sie
geweiht.
Ein Herze, welches sich unmöglich konnt ent-
schliessen
Zu einer alten Wahl: es will Florinden küssen.
Ich red für dieses Herz, das mir so nah
verwandt;
Ich fühle alles das, was es für euch em-
pfand.
Begnüget euch hiemit: die Folg will ich ver-
schweigen.

Florindo. (kniet.)

O Gütigste! (abseits) ach! nun ist Julia mein
eigen.

E 2 **Al.**

Alberta (hebt ihn auf.)

Florindo! gehen sie. Rosaura wart auf sie.
Dort brechen sie den Kauf.

Florindo.
Und das mit leichter Müh.

Alberta.
Was soll ich denn der Braut in ihrem Namen
sagen?

Florindo. (bedenkt sich in etwas.)
Vergeben sie, ich will es mit der Kehle wagen.
Die Tonkunst hat doch sonst was reitzen-
des in sich.

Darf ich?

Alberta.
O singen sie! denn das bezaubert mich.

A r i a.

Nach wälscher Musik.

N. II.

Florindo.

Ja! ja! saget meinem Leben,
Daß ich ewig ihr ergeben
Sagt! die Liebe kann ergötzen,
Sagt! daß die Lieb auch martern kann,
Daß sie uns in Furcht kann setzen,
Daß sie uns lacht freundlich an.

(Nach

Nach der Aria mit vielen Complimenten springend
(ab.)
Alberta.
Er ist so angenehm vom Kopf bis zu den Füs-
sen.
Er singt so schön; wie oft wird er mir singen
müssen!
Nun Vögerl hab ich dich; du bist in meiner
Hand! (zeigt die Schrift.)
(Siehet Cassandro kommen.) O gut! Cassan-
dro kommt.

Vierter Auftritt.

Cassandro mit Complimenten, in einem Galakleid,
schöner Perruque, und im Gesicht etwas ge-
schminkt.
Alberta.
Ey! sie sind gar gallant,
So treflich aufgeputzt, heut können sie char-
miren.
Cassandro.
Was alles thut man nicht der Schönen Herz
zu rühren?
Alberta.
Das rühren sie gewiß! auch Schminke treff
ich an?
Ey! das ist lächerlich.

Cas-

Caſſandro.
Hilf! was nur helfen kann.
Auch ſie ſind der Natur etwas zu Hülf gekom-
men.
Sie glänzen wie die Sonn.
Alberta. (höniſch)
Ich hab mir Müh genommen
Mit einem kleinen Schmuck, und wenn auch
der nicht wär,
So wär ich Hahn im Korb, mein hochge-
putzter Herr!
Doch, dieſes jetzt beyſeit. Wie ſtehen ihre Sa-
chen?
Caſſandro.
Madame! ach! ſo gut. Man kanns nicht beſ-
ſer machen.
Hier ſehn ſie dieſes Blatt, das ſchickte
Julchen mir
Mit ihrer Unterſchrift; dann ſchrieb auf das
Papier
Der Herr Notarius, ſo viel Verbindlichkeiten,
Daß auch der Satan ſelbſt, nicht kann dar-
wider ſtreiten.
Alberta. (Sie nimmt die Schrift.
Die Schrift gehört für mich.
Caſſandro.
Nein ſie gehöret mein.
Alberta.
Hier geht es Zug für Zug, ſonſt laß ich alles
ſeyn.

Mein

Mein Herr! wir speisen gleich. Nicht sie heut
und ich morgen,
Sie sorgen jetzt für mich, so wie sie für sich
sorgen.
Kennt ihr die Unterschrift? (Zeigt des Florindo Namen.)

Cassandro.
O ja! das ist mein Sohn.

Alberta.
Gut! nehmt das Blat, und macht, daß eben
dieser Sohn,
Mir so verpfändet wird; indessen soll das
Schreiben,
Zu einer Hypothek in meinen Händen bleiben.

Cassandro ganz betroffen.
Sie sind sehr accurat!

Alberta heftig.
Nichts Bruder mit im Spiel.
(Gebieterisch) Fort! zum Notarius!

Cassandro.
Ganz gerne! ja ich will
So lange bey ihm seyn, bis daß die Schrift
geschrieben.
(abseits) Ich lauf, als hätte mich der Henker
fortgetrieben.
(Cassandro lauft ab.)

Alberta.
Lauf nur! und mach ein End, ich will versi-
chert seyn,
Bekomm ich nicht den Sohn, so bleibt die Tochter mein.

Die

Die Sorge bleibet dir, ich will indessen hoffen,
O Schatz, o Bräutigam! doch Jaques kommt
hergeloffen.

Fünfter Auftritt.

Jaques kommt lachend, u. Vorige.

Jaques.

O! Herr Cassandro hat sich übel zugericht,
Er schlug die Trepp hinab, und fiele aufs
Gesicht.
Hier hat er sich ein Loch, (zeigt hinten am Kopf)
hier eine Beil geschlagen (zeigt auf die Stirne.
Doch lief er hurtig fort, man hörte sonst nichts
sagen:
Als ach die gnädig' Frau! ach Julchen! ach
mein Sohn!
Und so marschirte er, als wie berauscht da-
von.

Alberta.

Allein, er lebt doch noch?

Jaques.

Ey freylich thut er leben!
Des Alten zähe Haut hat grausam nachgegeben.
O die reißt nicht so leicht.

Alberta.

Du kannst spaziren gehn.

Jaques

Jaques.

Wie lange?

Alberta.

Eine Stund, denn laß dich wieder sehn.

(Jaques küßt ihr die Hand und ab.)

Alberta.

Ich bin von meinem Glück fast rasend eingenommen,
O Glück! o Glück ich soll, noch einen Mann
bekommen.

(Alberta auch ab.)

Sechster Auftritt.

Ein Wald.

Rosaura, Serpina.

Serpina.

Florindo kommet gleich.

Rosaura.

Serpina! mir ist bang.
Ich zittre schon für Angst.

Serpina.

Sie haben ja schon lang
Sich einen Schluß gemacht, was sie ihnr
wollen sagen.

Rosaura.

Allein die Art, die Weis, wie ich es soll vor-
tragen,

E 5

Ser-

Die ist ganz leicht, man sagt, mein Herr!
ich mag euch nicht.
Und das mit guter Art, so ist die Sach ge-
richt.

Rosaura.

Gesetzt, er will mich doch? und das kann leicht
geschehen,
So bin ich ja verkauft.

Serpina.

Das wollen wir erst sehen.
Wahr ist: ihr Vater hat zu allen hinge-
sandt,
Daß sie in einer Stund = = =

Rosaura fällt ein.

Schweig! mir ist es bekannt.
Er bringt auf seinen Schluß, er bringt auf
das Versprechen.

Serpina.

Ich will dem Alten doch noch seinen Kopf zer-
brechen.
Ich hab noch eine Stund.

Rosaura.

Wie steht ihr beyde dann?

Serpina.

Sehr gut! daß keines nicht das andre sehen
kann.
Er ist so bös auf mich, er wollte mich gar
schlagen,
Und auch mit dieser Art von Haus und Hof
verjagen;

Und

Und dennoch wette ich, der Alte ist doch
mein.
Ich schwör, wo nicht, will ich kein ehrlichs
Mädel seyn.

Rosaura.
Serpina! thu es nicht, du schwörest zu ver=
wegen,

Serpina.
An diesem Schwur ist mir so viel, als nichts
gelegen.
Nun denken sie auf sich! Florindo kömmt
schon her.

Rosaura.
Ach Freundinn! = = =

Serpina fällt ein.
Nur Courage! der Handel ist nicht schwer.

Siebenter Auftritt.

Florindo, und Vorige.

Florindo.
Sie gaben mir Befehl: so bin ich auch gekom=
men.

Rosaura.
Ich danke, es ist recht, mein Herr! ich hab
vernommen,
Sie lieben Julien? Wenn das Gerichte
wahr?

So ift mein künftig Glück in äußerster Ge-
fahr.

Florindo.

Mein Vater aber will, ich soll Rosaura lieben.

Rosaura.

Des Vaters Will ist Zwang, das wär zu weit
getrieben;
Und dieser Eigensinn brächt uns ein ewigs
Weh;
O Himmel! was wär das für eine Jam-
mer Eh!
Sie fühlen nichts für mich; und ich? ich muß
sie hassen.
Denn ich hab einen Schatz, den ich nicht kann
verlassen.

Florindo.

Ach! meine Liebe geht in allen auch so weit.
Ich spreche sie ganz frey, nur brauch ich so
viel Zeit,
Daß ich dem Vater kann die Nachricht hinter-
bringen;
Ich kenn ihn, er wird mich und sie gewiß nicht
zwingen.
Nun, sind sie ausser Sorg; durch mich wird
ihre Ruh
Auf keine Weis gekränkt: ich helf vielmehr
dazu.

Rosaura.

Großmüthiger Florind! was kann ich mehr be-
gehren?

Sie

Sie suchen meine Ruh, sie wollen sie nicht
stöhren,
Das, was man Freundschaft heißt, die stär-
ker nicht seyn kann,
Dies alles zeiget ihr durch diese That mir an.
O Freund! was kann ich euch zur Dankbarkeit erzeigen?
Sie lebt in dieser Brust: die Zung wird nie
verschweigen,
Daß ihr derjene seyd, der mir die Freyheit
giebt,
Daß ich das lieben darf, das, was mich
wieder liebt.

Rosaura ihre Aria.

Nach welscher Musik.

N. 12.

Gezwungen im Lieben,
Bringt Qual und Betrüben,
Man schätzt sich verlohren,
Wünscht niemals gebohren.
Man muß sich versprechen,
Man zwingt uns zur Treu;
Alsdenn sich zu retten
Zerbricht man die Ketten
Und macht sich ganz frey.   da Capo.
Nach der Aria: gehet Rosaura ab.

Florindo.

Nun, die ist recht verliebt.

Serpina.

Sie werden nichts nachgeben.

Florindo.

Serpina! du hast recht! Alleinig für mein Leben,

Möcht ich erfahren, wer der Gegenstand
wohl ist.

Serpina.

Ein Mannsbild! (vertraut.)

Florindo.

Das weiß ich.

Serpina.

Vor habt ihrs nicht gewußt.

Florindo.

So antworte mir doch.

Serpina.

Was denn?

Florindo.

Auf meine Fragen.

Wer ist dann dieser Mensch?

Serpina.

Ich darf es ja nicht sagen.

Florindo.

Doch im Vertrauen nur zu wissen, wer er sey.

Serpina.

Er ist ꞏ ꞏ

Florindo

Was ist er dann?

Serpina.
      Er ist! " "
Florindo.
         Nu?

Serpina.
          Ein Lakey?
Florindo.
Was! ein Lakey?
Serpina.
  Nicht doch! er thut nur also gehen,
Er ist von gutem Haus; sie werden es schon
sehen.
Florindo.
Allein, man sieht ihn nicht?
Serpina.
      Er gehet gar nicht aus.
Florindo.
Ist er schön vom Gesicht?
Serpina.
     Wie eine Fledermaus.
Florindo.
So wird das Maul gut seyn? er wird recht
können lügen?
Serpina.
So spricht er (sie stottert mit der Sprache)
  Ja! Mam = sell! sie sind nur mein Ver=
gnügen.
Florindo.
So wird er prächtig seyn von Leib und von
Statur?

Serpina.

Natürlich so, wie eine hölzerne Figur.
Florindo.

So ist er reich?

Serpina.

Gar nicht! der Vater muß erst sterben!
Florindo.

Und wenn dann dieser stirbt?

Serpina.

So hat er nichts zu erben.
Florindo.

Was Teufel ist denn das? nicht schön und
auch kein Geld?
Kein Geld!

Serpina fällt ein.

Pfui! schämt euch doch! daß euch nur
das gefällt
Reich nimmt sich wieder reich, so bleibet reich
beysammen;
Auch jene werden reich, die von den Reichen
stammen,
So wird der Reichthum reich, und nie dem
Armen gleich;
Nehmt arme Mädel doch! so wird der Arme
reich.

Florindo.

Ich stimme dir ganz bey, und will dir frey gestehen,
Ich hätt bey meiner Braut nie auf das Geld
gesehen.

Doch

Doch, da sie dieses hat, so nehm ich es auch
mit.

Serpina.

So recht! so heirath man mit gutem Appetit.

D U E T T O.

Nach der welschen Musik.

N. 13.

Lernet doch von uns lieben!
Lernet was Liebe sey!
So wird die schöne Treu
Euch niemalen betrüben.
Fort! fort mit allen Schätzen!
Fort Reichthum! fort! fort Geld!
Soll euch die Lieb ergötzen?
So nehmt! was euch gefällt!

Und nach dem Duetto gehen beede auf zwey Seiten
ab.

NB. Igt fängt das zweyte Intermezo an.

F   Ach

Achter Auftritt.

Zimmer des Uberto.
Uberto, Crispin.

Uberto hat ein galonirtes Kleid an, in welchem er sich spreizet.

Uberto.

Crispin betrachte mich! wie sieht dein Herr
  itzt aus?
Sieht nicht aus dem Gesicht der Bräutigam heraus?
Du kennst ja meine Braut? wie thut sie dir
  gefallen?

Crispin.

Serpina?

Uberto fällt ein.

Schweige still, die Gall fängt an zu
  wallen.
Wenn ich den Namen hör (aus einem andern
  Ton.) Die Fräule Julia
Die ist jetzt meine Braut, die nehme ich

Crispin. (verwundernd.)

        Ha ha.
So fält Serpina weg?

Uberto.

    O die ist schon begraben.

Crispin.

Crispin.

Es ist nicht lang, sprach sie, ich muß den Doktor haben,
Sonst geht die Welt zu Grund, sonst fällt
die Erde ein.

Uberto.

O diese Närrinn macht mir ferner keine Pein.
Gleich will ich ihr zum Trotz die Braut mir
selber holen,
Und du verrichte das, was ich dir hab befoh-
len.
Mach ja, daß alles heut recht gut von stat-
ten geh,
Illuminir das Haus, daß es in Feuer steh.
Die Tafel richte so, als sollte Cræus speisen;
Dann dieser Braut kann man nicht Ehr ge-
nug erweisen.
Nun weißt du, was ich will. Crispin!
geh! halt dich wohl!

Neunter Auftritt.

Serpina rückwärts (und Vorige)

Uberto:

Nach dem Versprechen sind wir alle toll und
voll.

F 4   Das

Crispin.

Das wird ein Freßtag seyn, da wollen wir
recht leben.

Serpina speißt nicht mit?

Uberto.

Ja, Gift kannst du ihr geben.
Geh fort!

Crispin (neiget sich, und gehet zu Serpina.)

Serpina.

Jetzt ist es Zeit! zieh dich geschwinde an!
(Crispin läuft ab.)

Uberto.

Jetzt bin ich Herr, und vor war ich ein ar=
mer Mann.

Ich bin so frisch, allert (springt) Paroll! ich
kann noch springen.

Serpina.

Spring nur Herr Bräutigam, du sollst bald
anderst singen.

Uberto.

Mir ist so wohl, ich weiß für Freud nicht,
wo ich bin.

Jetzt lauf ich — —

NB. Serpina ist à Tempo hervor gekommen, daß
Ubert fast an sie stößt, und er erschrickt. Serpina stellt sich traurig.

O weh mir! nun ist die Freude hin.

Serpina. (abseits)

Wenn ich der Teufel wär, könnt er nicht mehr
erschrecken.

Uber=

Uberto.

Was schert mich denn das Mensch?

Serpina.

Er wird sich wohl entdecken.

Uberto. (höhnisch.)

Madame wollen sie? sie wollen vielleicht nicht?
Darf ich? Sie schrecken mich; das finstere
Gesicht
Zeigt mir, sie werden es vielleicht nicht gerne
sehen,
Daß ich zu meiner Braut, ein wenig hin darf
gehen?

Serpina.

Das Spotten hat ein End, das Streiten
ist vorbey!
Sie gehen, bleiben, kurz: mir ist es einer-
ley.
Sie sind ja freyer Herr; sie können ja erwäh-
len,
Was nur ihr Herz verlangt, sie haben zu be-
fehlen!
Nun gehts nach ihrem Sinn; nun gehts
nach ihrem Schluß.
Serpina die ist todt, die macht nicht mehr
Verdruß.
Ists wahr? sie heurathen?

Uberto.

Wer läßt denn darnach fragen?

Serpina.

Ich selbst.

F 3   Uber=

Uberto.

Ich heurath, ja! das kannst du
wieder sagen.

Serpina.

Sie heurathen gewiß?

Uberto.

Gewiß! und heute noch.

Serpina.

Ich frag. Ich weiß warum. Sie heu=
rathen? — —

Uberto. (zornig.)

Ja doch.

Serpina.

So muß ich aus dem Haus?

Uberto.

Ganz sicher und das morgen.

Serpina.

O ich Verlassene! so muß ich für mich sorgen?

Uberto.

Und sorge gut für dich, daß es dein Glü=
cke sey!

Serpina.

Ich danke für den Rath! die Sorg ist schon
vorbey.
Auch mein Stand ändert sich

Uberto.

Wirst du ins Kloster gehen?

Serpina.

O dieses eben nicht! ich hab mich auch verse=
hen
Mit einem Bräutigam.

Uber=

Uberto.

Was! du nimmst einen Mann?

Serpina.

Schmerz und Verzweifelung, die haben es
gethan,

Uberto.

Die Heurath ist geschwind!

Serpina.

Ich muß es selbst gestehen.
Denn das Versprechen war in einer Stund
geschehen

Uberto.

Ist eine Frag erlaubt? wer ist der Bräutigam?

Serpina.

Ein Officier, der erst aus der Campagne kam,
Er ist mir auch verwandt, von Vaters Bru-
ders Vetter,

Uberto.

Verwandt! ein Officier! wie heißt er?

Serpina.

Donnerwetter.

Uberto.

O fürchterlicher Nam! Serpina seh dich vor!
Das Donnerwetter klingt mir gräulich in
dein Ohr.

Serpina.

Was fürchten sie mein Herr?

Uberto.

Daß nur das Donnerwetter

F 4   Nicht

Nicht auf dich schlägt, und denn dir Arm und
                    Bein zerschmetter.
                Serpina.
    O dieses glaub ich nicht.
                Uberto.
            Du hast ein loses Maul,
Und diese Herren sind mit ihrem Stock nicht
            faul.
Wenn du so gschwätzig bist, wie du bey mir
            gewesen,
So sorg ich
                Serpina (fällt ein.)
        Ja! er macht beständig nur den Bösen,
Und fürchterlichen Mann.
                Uberto.
                        O übel!
                Serpina.
                        Ja, er flucht,
Daß man für Angst fast stirbt.
                Uberto.
                        Noch übler!
                Serpina.
                        Ja, er sucht
Beständig Krieg und Streit, man sagt er sey
            besessen,
Letzt hat er eine Katz, aus lauter Grimm ge-
            fressen.
                Uberto.
    O weh! das ist ein Mensch! du Arme!

                        Ser=

Serpina.

Und dabey
Iſt Vater, Mutter, Freund, zu Morden
einerley.

Uberto.

Dein Schickſal iſt betrübt; ich kann im vor=
aus ſehen
Dein Unglück, deine Noth: dir wird es übel
gehen.

Serpina.

War wohl in meiner Qual für mich ein an=
drer Rath?
Die Deſperation bracht mich zu dieſer That;
Denn da ich ſie mein Herr, auf ewig hab ver=
loren,
So hab ich mir den Tod viel tauſendmal ge=
ſchworen.

Uberto.

Serpina denk zurück, ich habe dich geliebt,
Allein dein frecher Stolz hat mich zu ſehr
betrübt.
Mein Herz denkt für dich gut; ich kann es
kaum zugeben,
Daß du mit dem Tyrann, in ſteter Angſt ſollſt
leben,
Dann, wenn er Katzen frißt, vielleicht frißt
er auch dich.

Serpina.

O Herr! o Gütigſter! ſie ſorgen ſich um
mich?

Das schöne Mitleid kann Serpina nicht verdie-
nen ;
Ich war die stete Plag, und Folterbank von
ihnen.
Je mehr ihr schönes Herz, mir Gutes hat
gethan,
Um so viel mehr that ich Verachtung ihnen an.
Verzeihen sie, mein Herr!

Uberto.

Ich hab dir schon verziehen.

Serpina.

Ich küsse ihre Füß, (will niederfallen.)

Uberto. (hält sie.)

Du darfst dich nicht bemühen.

Serpina.

Der Himmel segne sie in ihrer neuen Eh.

Uberto.

Ich danke dir.

Serpina.

Und mach! daß alles glücklich geh!
Durch ihren Stammen soll man hundert Früch-
te sehen

Uberto.

Auch dafür dank ich dir, das kann vielleicht
geschehen.

Serpina.

Gehabt euch wohl mein Herr! vergeßt Serpina nicht.
Serpina, die mit euch das letztemal jetzt
spricht.

Und

Und da ich vor die Pflicht in allem überschrit-
ten,
So will ich jetzt für sie, den Himmel ewig
bitten.

Aria,

Nach welscher Musik.

N. 14.

Mit Serpina tragt Erbarmen!
Denkt zu Zeiten an mein Weh!
Seht die Thränen dieser Armen!
Liebster! Mitleid, ich vergeh:
(O! wie steht er in Gedanken?)
(Er fängt wirklich an zu wanken?)
O der alte Mann
Fängt zu weinen an?
Fängt zu weinen wirklich an?
Bin ich vormals grob gewesen?
Ach vergebt!
Ihr könnt meine Reue lesen,
Die in mir lebt,
(Ach er fängt schon an zu wanken?)
Bald wird er verführet seyn,
Er ist mein!

Da Capo.

Nach der Aria will Serpina mit traurigen Geber-
den abgehen.

Uberto.

Uberto.

Serpina! gehst du schon?

Serpina.

Für mich ist nichts mehr hier.

Uberto.

Du hast bis Morgen Zeit, so lange bleib
bey mir.

Serpina.

Ich fürchte meinen Schatz, so will ich zu ihm
gehen.

Uberto.

Bleib! werd ich deinen Schatz dann niemals
bey mir sehen?

Serpina.

Befehlen sie? ich bring ihn also gleich hicher.

Uberto.

Ist er so nah?

Serpina.

Ey ja! er liebet mich zu sehr;
Und er kann ohne mich nicht leben und nicht
bleiben.

Uberto.

Der ist recht hitzig.

Serpina fällt ein.

Ja! ich kann es kaum beschreiben.
Wie närrisch als er thut; er eifert auch mit
mir.

Uberto.

Er eifert itzo schon?

Serpina.

Als wie ein Tigerthier.

Uberto.

Uberto.

Wo ist er?

Serpina.

Vor dem Haus, da hab ich ihn verlaſſen.

Uberto.

Warum dann vor dem Haus?

Serpina.

Er ſtehet auf der Straſſen,

Und wartet bis ich komm.

Uberto.

So hole ihn herauf!

Serpina.

Ich gehe (neigt ſich)

Uberto.

Komme bald.

Serpina.

Sie ſehen, wie ich lauf. (läuft ab)

Uberto.

Wer mag der Menſch wohl ſeyn? noch kann
ich nichts verſtehen:
Ein Fremder ſo geſchwind ein Bündniß einzu-
gehen?
Das iſt mir unglaubbar. Ich ſeh die Sache an
Für eine Straf für das, was ſie mir Leids
gethan.
Mich dünkt, ich höre ſchon Serpina zu mir ſagen:
Ach Herr! mein böſer Mann thut mich beſtän-
dig ſchlagen.

Ro-

Recitativo mit Instrumenten.
Nach welscher Musik:

N. 15.

Ach! der verlaßnen Armen!
Könnt ich mich ja erbarmen!
   Doch sie war Magd bey mir!
Allein! bin ich der erste?
Also will ich sie nehmen —
Ja ja! — doch nein ich müßt mich schämen,
   Fort zweifelhaftes Denken!
   Du willst mich kränken —
Stille! — ich hab sie erzogen
Und war ihr stäts gewogen —
   O das ist närrisch!
   Langsam! nur langsam! —
Doch die Gedanken steigen
   Und meine Liebe bricht heraus,
Ich kann nicht länger schweigen,
   O weh! — ich komm ins Narrethaus
   Das Ende wird es zeigen.

Aria.
Nach welscher Musik:

N. 16.

Ich bin verwirrt,
Ich bin verirrt,

                    Ih

Ich fühle tausend Triebe,
    Woher kömmt doch die Pein?
Ists Mitleyd! ists Liebe!
    Was soll doch dieses seyn.
Ich hör Serpina klagen,
Und sagen
    Uberto denkt an dich,
    Gedenk an mich
    Ich bin in Ja, und Nein,
Und kann mich nicht entschließen,
Mich martert mein Gewissen,
    O so wie ich gequälet,
    Wird wohl kein Mensch nicht seyn.

Zehnter Auftritt.

Serpina wieder ängstiglich heraus.

Serpina.
O welch ein Ungelück-
Uberto.
Was ist es?
Serpina.

Helfet mir!

Uberto.
Ja! ich verlaß dich nicht.
Serpina.
Wo bin ich? bin ich hier?

Uberto

Uberto.

Wo sollst du sonsten seyn?

Serpina.

O weh! das war ein Schrecken.

Uberto.

So sprich!

Serpina verwirrt.

Was wollen sie?

Uberto.

Du sollst es mir entdecken,
Was dir geschehen ist.

Serpina.

Ach! ach! mein Bräutigam.

Uberto.

Der hat dich schon geklopft?

Serpina.

Ach nein! sobald ich kam,
So fand ich ihn voll Blut. Er sprach es ist
geschehen;
Betrachte diesen Hund! was hab ich da gese-
hen?
Da lag ein Kopf, ein Arm, dort ein zer-
setzter Leib;
Ich lief für Angst davon, er aber schrie:
bleib!
Und hör den großen Schimpf! den ich bestra-
fen müßen,
Der Türk!

Uberto fällt ein.

Was! wars ein Türk?

Serpina.

Ja! der zu meinen Füßen,
In seinem Blute liegt, der streifte an mich
an,
Und ich, der von Natur nie dieses leiden
kann,
Ich gab ihm einen Stoß, da fiel er auf den
Rücken,
Er sprang gleich wieder auf, und mit ergrimm-
ten Blicken
Zog er den Säbel aus; ich war gleich bey
der Hand,
Er hieb nach mir, der Hieb ward von mir
abgewandt:
Dann führt ich einen Streich; das Glück war
mir gewogen;
Der Türk war durch den Hieb fast Himmel-
hoch geflogen,
Und fiel Stückweis herab

Uberto.

O Himmel! welche That!
Bereut er itzo nicht, was er begangen hat?

Serpina.

O Nein! der Grimm hat ihn noch weiter eingenommen,
Und so kommt er herauf.

Uberto fällt ängstig ein.

Sag! er soll Morgen kommen!

Serpina.

Ey dieses sag ich nicht!

Uberto.

O weh! so bin ich hin.

Serpina.

Das glaub ich nicht.

Uberto.

Warum?

Serpina.

Weil ich bey ihnen bin.

Uberto.

Was nützt mir deine Hilf? ich möcht für Angst
vergehen.
Kömmt er gewiß?

Serpina.

Gewiß!

Uberto.

Herauf?

Serpina.

Sie werdens sehen.

Uberto.

Schaff mir ihn von dem Hals!

Serpina.

Mein Herr bedenkt euch doch!
Er kommet wirklich schon.

Uberto.

O weh! heut sterb ich noch.

Eilfter Auftritt.

Vorige, und Crispin.

Crispin, als ein desperater Officier, mit großem Bart, Degen und Stiefeln gekleidet.

Crispin.

Aria.

Nach welscher Musik.

N. 17.

Pulver, Schwefel, Pech und Eisen!
Soll dem Flegel Mores weisen,
 Der da will denken,
 Mich zu kränken?
 Ich bezwinge,
 Ich verschlinge,
 Ich zerreisse,
 Ich zerbeisse,
 Diesen Hund
 Gleich zur Stund.

Crispin hat unter dieser Aria den Uberto nicht gesehen.

Uberto hat hinter Serpina seine furchtsamen Lazzi.

Uber

Uberto.

Ich schwiz am ganzen Leib vom Kopf bis zu
den Füßen.

Serpina.

So reden sie mit ihm!

Uberto.

Ich kann nicht.

Serpina.

Herr! sie müßen!

Uberto.

Ich muß?

Serpina.

Bedenken sie den Türken und sein Schwerd.

Uberto.

Nu! das ist ein Besuch, den nie die Welt
erhört.
(zu Crispin) Ich dank für den Besuch, mein
Herr! den sie mir geben.

Crispin reispert sich und winkt Serpina, sagt zu ihr
mit lächerlicher Stimme.

Schnikelti! Schnakelti! gir, gar,

Serpina so zu Crispin gegangen.

Gut: ich versteh sie schon. (gehet zu Uberto.)

Uberto zu Serpina.

Was sagt er?

Serpina.

Er macht eben

Sein Gegencompliment.

Uberto.

Welch wunderliche Sach!

Ich hörte gir und gar, wie nennt man diese
Sprach? Ser=

Serpina.

Das war Paraquaisch.

Uberto.

Und das thust du verstehen?
Wer hat dir das gelehrt!

Serpina.

Er.

Uberto.

Das war bald geschehen.
Blitz! eine ganze Sprach, das hätt ich nicht
nicht gedacht.
(Zu Crispin.) Mein Herr! die Mühe, die sie
sich um mich gemacht,
Ist wegen meiner Magd; sie wollen sich ent-
schließen
Zu einer Heurath!

Crispin. (sagt)

Gir!

Serpina. (verdollmetscht.)

Ja!

Uberto.

Gir, ja!
(Serpina deutet mit dem Kopf ja!)

Uberto. (redet weiter.)

Das wollt ich wissen.
Sie werden ihr stäts treu: und niemals un-
treu seyn?

Crispin.

Gar?

Uberto.

Was heisset denn das Gar?

Ser=

Serpina.

Das Gax? das heisset: nein!

Uberto.

Die Sprach und das Gesicht ist gräulich, zum
erschrecken;

Der Donnerwetter Nam, kann mir schon
Furcht erwecken.

(Zu Crispin) Sie halten doch das Kind in allem hoch und werth?

So, daß man nichts von Schläg, und gro-
ben Sachen hört?

Crispin.

Gax, Gix.

Uberto. (zu Serpina.)

Gax, Gix?

Serpina.

Das heißt: nein! ja!

Uberto.

Was will er damit sagen?

Serpina.

Gix nein! wenn ich fromm bin. Gix ja!

Uberto.

Wird er dich schlagen?

Crispin. (geschwind.

Gix gix gix gix.

Uberto.

Da hast du deinen Gix!

Crispin (versperrt sich, und winket Serpina.)

Serpina (zu Uberto.)

Mein Herr er will mir was.

(Geht

(Geht zu Crispin) Was schaffen sie mein
Schatz?

Crispin. (zu Serpina.)
Schnikelti Schnakelti gir gar gar gir oder
wird wie ein Hund murret, gezogen, und greift
dabey an sein Schwerd.

Uberto.
Nu! was ist das?

Serpina.
Seynd sie nur wieder gut! ich will es ihm er=
klären.

(Geht zu Uberto.) Mein Herr ich bring was
neus?

Uberto.
Was denn? so laß es hören!

Serpina.
Er will mein Heurathsgut?

Uberto.
Was für ein Heurathsgut?
Ich glaube, daß der Narr gar phantasi=
ren thut.

Serpina.
In Paraquajo thut man überall so leben,
Daß jeder Herr der Magd ein Heurathsgut
muß geben.

Uberto. (zornig.)
So soll er dorthin gehn.

Serpina. (ängstig.)
Ach lieber Herr! nur still?
Daß er nur nichtes hört.

Uberto. (ſachte.)
Was meint er dann? wie viel?
Serpina.
Zwölf tauſend Thaler
Uberto. (fällt heftig ein.)
Was?
Serpina. (gelaſſen.)
Sie müſſen ihm nicht zeigen,
Daß ſie ſich weigern
Uberto. (heftig.)
So, ſoll ich dazu noch ſchweigen?
Serpina. in Vertrauen.
Hörten ſie? oder nicht?
(Macht es ſo wie Criſpin.) Nicht wahr?
oder — —
Criſpin. (wie vor.)

oder
Uberto.
Daß er am Galgen ſchon verſchimmle, und
vermoder.
Serpina.
Bekommt er nicht das Geld, ſo will das Oder
ſagen,
Daß ſie den Augenblick mit ihm ſich müſſen
ſchlagen.
Uberto. (zu Criſpin.)
Herr! die Prætenſion pax! nein
Criſpin. (zornig.)
Pix (greift an Degen.) oder (wie vor.)
(Uberto. furchtſam.)
O weh!
Das

Das Oder macht gewiß, daß ich für Angst
vergeh.
Crispin. (brummt und greift an Detzen.)
Uberto.
Herr Donnerwetter still: ich will es überlegen.
Serpina! dieser Streich wird mich zu was be‐
wegen,
Das dich verwundern wird : mir fällt es
gar zu schwer,
So vieles Geld und dich, so schlecht zu ge‐
ben her.
Der Satan soll mit dir! und meinem Gelde
leben?
Nein! das geschehe nicht, das kann ich nicht
zugeben.
Wie weit steckst du mit ihm? bist du ver‐
sprochen schon?
Serpina.
Versprochen und auch nicht.
Uberto.
Jetzt kommen wir davon.
Ich weiß schon einen Rath, ich will das Geld
ersparen,
Und nehme dich zur Frau.
Serpina.
Gott wolle uns bewahren.
Wie komm ich von ihm los?
Uberto.
Sag nur ich hätte mich
Auf einmal resolvirt, und heurath selbsten
dich.
G 5   Ser

Serpina.

Das ist ein schwerer Gang!

Uberto.

Du kannst es ja probiren.

Serpina.

Ich fürcht, er sticht mich todt.

Uberto.

Er wird sich nicht verlieren
In meinem Haus, geh nur.

Serpina. (herzhaft.)

Wohlan es sey gewagt,

Uberto. ängstlich.

Der Himmel steh dir bey.

Serpina.

Dem Himmel seys geklagt.
(Geht zu Crispin.) Herr Capitaine! ich hab
was grosses vorzutragen.
Mein Herr will nicht sein Geld so in die Welt
verjagen.
Er heurath selbsten mich.

Crispin. (zornig: stößt mit dem Fuß, greift
an Degen)

Pax! oder, oder —

Uberto. (ängstig.)

Ja.
Jetzt hat der Belzebub schon gar zwey Oder
da.

Serpina.

Mein Herr ich bitte mir nur etwas Zeit zu
schenken.
Ich glaub, man könnte noch auf etwas anders
denken.   Es

Wie wärs, wenn sich mein Herr auf andre
Art verstünd?
Es kömmt nur darauf an, daß man ein
Mittel find.

Crispin murmelt etwas auf die vorige Art.

Pix Pax (kömmt auf die letzt und ganz zornig)
oder Serpina.

Ich will es sehn (geht zu Uber=
to) mein Herr es läßt sich hören,
Wir dürfen uns gewiß nicht über ihn beschwe=
ren.
Er stehet von mir ab, verlanget auch kein
Geld,
Er hat sich in dem Haus, was anders aus=
erwählt.

Uberto.

Nu! was wird dieses seyn?

Serpina.

Rosaura will er haben.

Uberto.

Wie! meine Tochter?

Serpina.

Ja!

Uberto.

Die läßt sich eh begraben,
Eh sie das Monstrum nimmt.

Serpina.

Ich denk das Widerspiel.
Kömmt sie nur aus dem Haus, so ist ihrs
gleich so viel.

Uberto.

Das meinst du?   **Serpina.**

Serpina.

O gewiß! wir wollen 'es gleich sehen.

Uberto.

Der Tausch wär mir ganz recht.

Serpina.

Ich will sie holen gehen, (lauft ab.)

Uberto.

Mir wär es herzlich lieb, wenn ihn Rosaura nähm,
Damit das böse Kind aus meinem Hause
käm.
Die Ungehorsame! ich muß als Vatter schweigen,
Bis, das er sie erst hat; dann wird sichs selber
zeigen.
(Zu Crispin) Sie stehen also ab?

Crispin. (zeigt mit dem Kopf ja.)

Uberto.

Und nehmen sie mein Kind?

Crispin. (Wie vorher.)

Uberto.

Doch ohne meinem Geld?

Crispin. (Wie vorher.)

Uberto.

Die Sprach ist sehr geschwind.

Zwölfter Auftritt.

Serpina, Rosaura, u. Vorige.

Serpina.

Hier ist das Fräulein schon!
Rosaura küßt ihrem Papa die Hand, dieser bleibet
   serieux.

Uberto zu Serpina.

      Du kannst es proponiren.

Serpina.

Mein Fräulein! man thut sie zu einer Wahl
   herführen.
Hier dieser Capitaine der ist in sie verliebt.
Ihr Papa stimmt mit ein, wenns ihnen so
   beliebt.

Uberto.

Das war recht kurz und gut;

Rosaura.

     Und so will ich auch schließen: :
   (betrachtet den Crispin überall.)
Der Mensch ist gut gemacht vom Kopf bis zu
   den Füßen.

Uberto.

Was meinest du?

Rosaura.

Nu ja!

Uberto.

     Betrachte sein Gesicht.

Ro:

Rosaura.

Auch gut!

Uberto.

Der große Bart?

Rosaura.

Der schrecket mich gar nicht.

Uberto nimmt Rosaura bey der Hand, und führet sie zu Crispin.

Die Braut die saget pir, sie werden par nicht sagen,

Itzt können sie den Tausch mit sich nach Hause tragen.

Serpina.

Sind sie vergnügt (*zu Crispin und Rosaura.*)

Crispin.

Pir!

Rosaura.

Pir!

Serpina.

Was thut die Liebe nicht?

Das sieht man, weil die Braut schon paraquaisch spricht.

Uberto.

O! so viel kann ich auch.

Serpina.

Das sind recht seltne Gaben.

Crispin reispert sich, winkt Serpina, und zeiget auf Uberto.

Serpina zu Uberto.

Herr! der Herr Sohn, der will der Mutter Erbschaft haben.

Uber=

Uberto.

Ihr ganzes Erbtheil ist noch dato unberührt.

Serpina.

Wer weiß?

Uberto.

Herr Anton hat die Gerhabschaft geführt.
Zwölf tausend Thaler! und die kann er gleich
erheben,
Allein von meinem Geld nichts, so lang ich
am Leben.
Komm meine liebste Braut! nun sind die
Sorgen hin.

Serpina.

Es leb mein Bräutigam!

Crispin nimmt den Bart weg.

Es lebe auch Crispin.

NB. Sobald Uberto den Stock aufhebt, lauft
Crispin wie ein Blitz davon.

Uberto.

O du verdammter Strick (lauft Crispin zornig
nach.) Du sollst mir nicht entgehen.
(Kömmt zurück) So geht man mit mir um?

Serpina.

Geschehen, ist geschehen.
List, Liebe, Eifersucht gab mir das Mittel
ein;
Auf solche Art mein Schatz! muß es vol-
lendet seyn.
Rosaura liebt Crispin, er will von ihr nicht
weichen,

Auch

Auch mein Herr liebet mich, ich liebe sie in=
gleichen.

O welche schöne Eh, wird nicht hieraus ent=
stehn!

Weil gleich und wahre Lieb sich kann ver=
bunden sehn.

Uberto.

Die Ehre meines Haus fällt nun in tausend
Stücken,

Wie kann sich ein Laquey zu einem Fräulein
schicken?

Der Abfall ist zu groß!

Rosaura demüthig.

Er kömmt dem ihren gleich.

Wer ist Serpina dann?

Uberto.

Das ist ein toller Streich!

(abseits) Ich will an meinem Kind, was ich
begangen strafen.

Geh! wie du dir gebett, so wirst du künftig
schlafen.

Rosaura neigt sich demüthig gegen Uberto, dieser
wendet sich serieux auf die Seite und bleibt in
Gedanken.

Rosaura heimlich aber vergnügt.

O Freundinn bloß durch dich hab ich mein
Glück gemacht,

So gut und so geschwind. Wer hätte das
gedacht?

Dank und Erkenntlichkeit sey ewig dir geschwo=
ren!

Ser=

Serpina.

Nicht wahr? zur Schelmerey, da bin ich recht
gebohren,

Rosaura.

Du Schlimme!

Serpina fällt ein.

Nu! wie wirds? ist kein Respekt nicht da?
Wer bin ich?

Rosaura.

Ja du bist die theureste Mama.

Serpina.

Fort! fort! itzt muß ich erst den ganzen Kehr-
aus machen, (geht zu Uberto.)

Rosaura geht still ab.

Was denken sie mein Schatz?

Uberto.

Du stellst recht böse Sachen
In meinem Hause an. Daß du mich hast
verführt,
Das geb ich zu; allein Crispin macht mich
verwirrt.
Die Heurath kränket mich, doch es ist dir ge-
lungen,
Ich war dein Herr; allein die Lieb hat mich
bezwungen.
Ich bin der erste nicht, der diesen Schritt
gewagt.
Serpina du bist Frau!

Serpina.

Und das aus einer Magd.

H   DUET.

DUETTO.

Nach welscher Musik.

─────

N. 18.

Von Uberto und Serpina.

Serpina.

Es schlägt in meiner Brust
Es klopft etwas mit Lust
  Es schlägt so sehr,
  Wo kömmt doch dieses her?

Uberto.

Es rumpelt hier so sehr
Als wenns ein Tambour wär,
  Rum! Bum! Rum! Bum!
  So rumpelts bey mir rum;

Serpina.

Ach hör das Tipiti! (nimmt seine Hand und hal-
                tet sie ans Herz.)

Uberto.

Ich her dein Tipiti,
  Izt hör das Tapata! (auf gleiche Art.)

Serpina.

  Gewiß ich hör es, ja!

a Due.

Was ist es, das so spricht?

Serpina.

Ich weiß nicht

                        Uberto.

Uberto.

Wer kanns wissen?

Serpina.

Meine Wonne!

Uberto.

Meine Sonne!

a Due.

O Freude!

Serpina.

Alles schlägt für dich

Uberto.

Alles klopft für dich

Serpina.

Alles klopft für mich

Uberto.

Alles schlägt für mich

} a Due.

Ach Schatzerl!

a Due. { Alles schlägt für dich

Alles klopft für dich.

(Nach dem Duetto gehen beyde vergnügt ab.)

Dreyzehnter Auftritt.

Alberta, Cassandro, Julia, Florindo.

Alberta.

Daß er uns auf das neu zu sich hat bitten las
sen,
Das ist mir gar nicht recht.

H 2   Cass

Caſſandro.

Wir müßen itzo faßen
Den kürzeſten Entſchluß, dann wenn er dabey bleibt,
Von wegen den Contrakt, daß keines von
uns ſchreibt,
Und das gegebne Wort, das kann man gar
leicht brechen.

Alberta.

Doch, waren Zeugen da?

Caſſandro.

Davon läßt ſich viel ſprechen.
Die Haupturſach, die iſt ja gegenwärtig da,
Die Kinder wollen nicht, und keines ſaget
ja.

Florindo.

Auf meiner Seiten wird die Heirath nie ge-
ſchehen.

Julia.

Ich trau auf die Mama, die wird mir ſchon
beyſtehen.

Florindo zu Alberta.

Von Ihro Gnaden hoff ich ganz ein anders
Glück.

Alberta.

Geduldet euch Monſieur! bald kommt der
Augenblick.

Julia zu Caſſandro.

Nicht wahr? ſie haben auch für mich was
auserleſen?

Caſſandro.

Ich war mit allem Fleiß darauf bedacht ge-
weſen.

Doch, bleibt noch alles recht, was ich für
ſie gethan?

Julia.

Sie haben ja mein Wort; was zweiflen ſie
daran?

Alberta.

Auch ſie erinnern ſich! daß ich den freyen
Willen

Von ihrem Schickſal hab

Florindo.

Den will ich auch erfüllen

In allem was es ſey.

Alberta.

Gut! macht euch bald bereit!

Caſſandro.

Dort kömmt Uberto her, o welche Trau-
rigkeit!

Sieht ihm aus dem Geſicht? wir wollen ſeit-
wärts ſehen,

Was dieſem guten Mann im Kopf herum
muß gehen.

Alle 4. gehen zurück.

Vier-

Vierzehnter Auftritt.

Uberto in Gedanken.

Uberto.

Serpinens große List, Crispins Betrügerey,
 Die Liebe und die Furcht bracht mich in Ra-
 serey,
So daß ich wie ein Vieh, zwey Bündniß ein-
 gegangen.
Wo bleibet jetzt mein Wort? was hab ich an-
 gefangen?
 Florindo und mein Kind, die Julia und ich,
 Wendet sich, und siehet die andern.
 O weh! hier sind sie schon.

Cassandro.
 Er ist ganz außer sich.

Uberto.
Nun fängt mein Unglück an

Alberta.
 Er hat uns schon gesehen.
Das beste ist; wir müssen herzhaft zu ihn ge-
 hen.

 (alle hervor.)

Alberta.
Die ganze Freundschaft kömmt auf ihr Verlangen her.

Uberto. (ängstig.)
Ich danke. Mir geschicht die allergrößte Ehr.
 Cas

Caſſandro.

Heut iſt ein groſſer Tag. (drohend.)

Uberto. (wie vor.)

Mich bringt er faſt ums Leben.

Alberta.

Es ſieht gefährlich aus. (drohend.)

Caſſandro.

Es wird viel Händel geben. (wie vor.)

Uberto. (abſeits.)

Sie wiſſen meine Schand und was ich hab gethan.

Alberta.

Man heurath nicht ſo bald

Caſſandro.

Das geht ſo leicht nicht an.

Uberto.

Ja! aber wenn die Sach ſchon gar zu weit gekommen.

Caſſandro.

Das Wort in dieſer Sach wird oft zurück genommen

Uberto.

Nun iſt die Frage, was der Richter dazu
ſpricht.

Alberta.

Was Richter! o! man droht hier mit dem
Richter nicht.

Der ganze Handel war ja unter uns geblie-
ben.

Caſ-

Caſſandro.

Sie! (zu Uberto) und wir haben uns noch keines unterſchrieben.

Uberto.

Allein mein Wort das gilt, das nehm ich
nicht zurück.

Caſſandro.

Das wollen wir erſt ſehn,

Alberta.

Und zwar den Augenblick,

Florindo.

Ich gehe nichtes ein.

Julia.

Von mir iſt nichts zu hoffen.

Caſſandro.

So denk ich

Alberta.

Und ich auch

Uberto.

Das Band das ich getroffen,
Das muß vollzogen ſeyn.

Alberta (fällt ein.)

Seht doch der groſſe Herr!

Uberto.

Ich red für meinen Theil

Alberta.

Was braucht es weiter mehr?
Wir wollen alle nicht.

Uberto.

Sie ſprechen zu verwegen.

Geduld! sie sollen selbst die ganze Sach bey-
leget.
Serpina (ruft in die Scena) komm, und
bring die andern auch mit.
(Zu Alberta) Ich kann nicht mehr zurück.
Alberta.
Ich weiche keinen Schritt.

Fünfzehnter Auftritt.

Serpina, Rosaura, Crispin noch wie
vor als Officier, und mit Bart, und Vorige.

Serpina.

Hier sind wir alle schon
Uberto.
Man suchet mich zu zwingen,
Von meinem Heurathsschluß vollkommen ab-
zubringen.
Serpina.
Wer ist die Obrigkeit? (stolz.)
Alberta.
Mensch! du bist mir zu schwach.
(Verächtlich).
Serpina.
Madame, wer ist ein Mensch? ich frag als
Frau darnach.

Alber-

Alberta.

Als Frau?

Uberto.
Ja, ja, als Frau.

Serpina.
Mein Herr hat mich genommen

Alberta.

O schön.

Serpina.
Und außer mir wird keiner ihn be-
kommen.
Hier dieser Officier der ist Rosaurens Schatz;
Und also unter uns ist nicht ein lerer Platz.

Alberta, Julia, Caßandro, Florindo alle
lachen.

Caßandro.
Das ist recht lächerlich!

Alberta.
Das wollen wir ja haben.

Caßandro.
Wir nehmen unser Wort, daß wir vor diesem
gaben.

Alberta.
Florindo und mein Kind wir beyde, (auf
Caßandro zeigend) eben so.
Wir sind mit dieser Wahl von ganzem Her-
zen froh.

Uberto.
Das war ein Mißverstand, der glücklich aus-
geschlagen

Al.

Alberta.

In kurzem wird die Stadt, sehr vieles davon
sagen.

Florindo so den Crispin genau betrachtet.
Wie! das ist ja Crispin?

Crispin nimmt den Bart ab.

Und zwar mit Hut und Haar.

Uberto.

Er war Crispin, eh er in Paraquay war.
Dort ist er Capitaine; doch muß ich auch gestehen,
Daß mir die Mariage nicht recht in Kopf wollt
gehen.

Serpina.

Ja, er ist Capitaine von dieser Compagnie,
(zeigt auf Rosaura.)
Und die erhielte er durch mich mit leichter
Müh.

Alberta.

Sie haben allerseits nach Wunsch ihr Ziel getroffen,
Und ich glaub, unter uns ist eben das zu hoffen.
Ein jedes richte sich. Bald ist die Freyheit
hin,
Doch ohne Widerspruch, sonst zeig ich wer
ich bin.

Florindo.

Ich bin zu allem still.

Julia.

Ich werde nichts einwenden.

Al-

Alberta.

Wohlan so wollen wir die ganze Sach vollen-
den.

Hier ist Florindens Schrift! (giebt sie Cassandro) die bleibt in ihrer Hand;

Cassandro.

Und hier ist Juliens Schluß, zu einem Ge-
genpfand. (giebt die Schrift Alberta.)
Uberto zu Florindo heimlich.

Das giebt ein doppelt Paar. Was gilts ich
habs errathen?

Florindo.

Er glaubt, (zu Cassandro.) Papa, Mama,
die würden sich heurathen.
(Cassandro lächelt, und zuckt die Achsel.)

Alberta.

Florindo hat sein Glück in meine Wahl ge-
stellt.

So nehmet dann die Braut, (neigt sich,
und richtet nach Concert denselben die Hand.)
Die ich euch hab erwählt.

Florindo voll Freuden, in der Meinung, sie
meine Julia, küßt Alberta die Hand.

Ich danke tausendmal. (läuft zu Julia sie umarmend.)
Ach Julia, o Glücke!

Cassandro bringet nach Concert denselben an
die Seiten.

Geduld Herr Sohn, er bleib ein wenig noch
zurücke.

(Stellt sich nach Concert vor Julia.)
Sie

Nun halte ich mein Wort, vollkommne
Julia!
Sie sind versorgt. Der Schatz ist ebenfalls
schon da.
Julia.
O Gütiger! (will Cassandro die Hand küssen,
läuft zu Florindo.)
Die Freud hat mich ganz eingenommen.
Alberta macht es wie Cassandro.
Mamsell! vergeben sie, den wird sie nicht be=
kommen.
(Florindo und Julia sehen sich einander ver=
wundernd an.)
Florindo.
Was soll denn dieses seyn?
Julia.
Man treibet mit uns Schetz.
Alberta.
Sie sind für mich bestimmt
Cassandro.
Mein ist ihr schönes Herz.
Florindo.
Das heißt Betrügerey! (zornig.)
Julia eben so.
Das sind recht tolle Sachen.
Uberto.
Jetzt hat die Stadt noch mehr als über uns
zu lachen.
Serpina.
Die Scen ist wunderlich, das ist ja ganz
verkehrt.

Al=

Alberta.

Nein! nein! so ist es recht, so hab ich es
begehrt.

Florindo.

Das geht gewiß nicht an!

Alberta.

He, hat er schon vergessen
Das Küssen? Schmeichlen? und die andern
Caressen?

Florindo.

Das war nur Höflichkeit

Alberta.

Die nehm ich dankbar an;
Und durch die Höflichkeit bekomm ich einen
Mann.

Julia zornig zu Cassandro.

Und sie?

Cassandro fällt ein.

Ja, ich.

Julia.

Und sie? sie wollen mich verlangen?
Der alte Kader?

Cassandro fällt ein.

Hat die junge Maus gefangen.

Julia.

Verwegner!

Cassandro fällt ein.

Nicht so laut, ich bitt, sie denken nach,
Was ihr verliebter Mund erst kürzlich zu
mir sprach.

Da

Da war kein schönerer und liebster Mensch auf
Erden;
Adonis gegen mir sollt Küchenjunge werden;
Und itzo soll ich gar ein alter Kader seyn?
Julia.
Verflucht, wie kame euch, doch der Gedan-
ken ein?
Daß ich o weh! Florind! ich muß den Alten
nehmen;
Florindo.
Und ich die alte Frau.
Alberta fällt ein.
Ihr sollt euch beyde schämen.
Fort! haltet euer Wort!
Serpina.
Das Ding sieht lustig aus.
Uberto.
Nur umgekehrt, so wird ein andrer Schuh
daraus.
Florindo.
Wär es nicht alles eins? (zu Cassandro.) wir
könnten ja troquiren?
Ich geb noch etwas auf.
Cassandro fällt ein.
Nein, du sollst nichts verlieren.
Julia.
O Zufall!
Florindo.
O Geschick!
Alberta.
Fort mit der Hand nur her!
Ju-

Julia.

Hier! (giebt mit einer finstern Mine seitwärts
ohne Ansehen die Hand, und bleibet in der
Stellung.

Florindo.

Du! (ganz niedergeschlagen und bleibet so)
Cassandro zu Julia schmeichlend.
Es giebt sich schon
Alberta zu Florindo schmeichelnd.
Der Anfang ist nur schwer.

Serpitta.

Der Mißverstand geht nicht so wie bey uns
nach Willen.

Uberto.

Dort (zeigt auf Julia) sieht es finster aus,
und jener, (zeigt auf Florindo)
fanget Grillen.

Wo geht es närr'scher her, als in der lieben Welt?

Cupido flickt und macht, kurz, thut was
ihm gefällt.

Heut ist ein schöner Streich dem losen Schalk
gelungen,

Durch seine Allianz, mit Alten und mit Jungen.

Der Herr bekömmt die Magd, das Fräulein
nimmt den Knecht.

Was fragt die Lieb darnach, bey ihr ist alles
recht.

Aria

Was kann aus dieser Eh
　　Wohl mit der der Zeit entstehen?
Weh dem, der es erfährt,
　　Der wird mit Schröcken sehen,
Daß unbesonnne Lieb,
　　Daß übereilte Eh
Die größte Thorheit sey,
　　Wo ein beständigs Weh
Nachfolget; denn hört man
　　Die alte Leyer klagen,
Und der gequälte Theil
　　Pflegt meistens so zu sagen:
Es ist nicht meine Schuld,
　　Die Lieb war Schuld daran,
Verzeiht! es ist nicht wahr,
　　Die Narrheit hats gethan.

F I N I S.

C H O R U S.

J Liebe deine große Macht
　　Kann die Unmöglichkeit bezwingen;
Der niemals an dich hat gedacht,
　　Dem kannst du Liebesgift beybringen.
　　Mit einem Wort
　　　　Die Freyheit ist gleich fort.
　　　　　　J

Das

Das siehet man an mir.
Cupido loser Schalk!
Du kleiner Wechselbalg!
Das kommt von dir.
Florindo.
Die Tochter liebte ich;
Itzt nimmt die Mutter mich.

CHORUS.

Cupido loser Schalk!
Du kleiner Wechselbalg!
Das kommt von dir.
Alberta.
Monsieur er hab Geduld;
Er hat ja selbst die Schuld.

CHORUS.

Cupido ꝛc.
Julia.
Der Alte macht mir Pein,
Ich dacht der Sohn wär mein.

CHORUS.

Cupido ꝛc.
Cassandro.
Der Kader hat die Maus
Und lacht euch alle aus.

CHO.

CHORUS.

Cupido 2c.
Crispin.
Crispin als Capitaine,
   Hat sich recht gut versehn.

CHORUS.

Cupido 2c.
Rosaura.
Mir ist es einerley,
   Ob mein Schatz ein Laquey.

CHORUS.

Cupido 2c.
Serpina.
Wahr ists, ein junger Mann
   Stund mir weit besser an.

CHORUS.

Cupido 2c.
Uberto.
Schatz! denk bey dieser Zeit,
   Ist alles Eitelkeit.

FINIS.

www.ingramcontent.com/pod-product-compliance
Lightning Source LLC
Chambersburg PA
CBHW020406030726
47496CB00007B/2327